# 作家の遊び方

伊集院静



双葉文庫

# 作家の遊び方

伊集院　静

時々、人にこう訊《き》かれる。

「どうして作家になったのですか？」

「……………」

私は答えに窮す。

子供の頃から本を読むのが好きで、それも漱石や芥川、ドストエフスキー、ジョイスをガキの時代に面白がってましたよ、なんて言うと、相手はナルホド、ヤハリと思うのかもしれないが、そんな気持ちの悪い子供はいるわけはないし、いたとしてもそんな理由で小説が書けるはずはない。それに子供は本を読むより、外を走り回っていた方がよほど楽しいものである。私は勉強などからっきしダメだった。面白くなかった。面白かったのは、近所の兄貴分《アンチャン》たちが目を血走らせてやっているものだった。メンコであり、肝試しの崖から海への飛び込みだったり、蟬、蜘蛛捕り、鉄クズ拾いをして小銭に替え駄菓子屋に行ったりすることだった。

港町の、それも下町で育ったせいもあるが、当時、流行しはじめたテレビにも夢中にならなかった。やがて野球を知り、それにのめり込んだ。ただそんな単純な少年、若者がぶらぶらと歩く道すがらに、刺青《イレズミ》をした若衆が麻雀に興じたり、競輪場の鐘が聞こえる環境でもあった。若い時のやわらかな脳に、それが面白そうだと思った感情はこころにきちんと残っていたのだろう。後年になってそれに夢中になる。

話を戻して、どうして作家になったのか、と考えると、そうなるしか他にやりようがなかったというのが正直な答えだ。勿論、作家になろうという意志を持っていた時代もあり、小説誌の新人賞応募に作品を出し、運良くか、偶然か、最終選考に残り、そこで選者の作家からケチョンケチョンにこきおろされて落選した。その後も少し小説もどきのものは書いたが、どれもまともなものはなかった。ではどうして作家として飯がなんとか食べられるようになったか？　思うに、或る期間、私が生きることをなかば放棄して遊び呆けたからではないかと思う。世間が言う、建設的なこと、向上的なこと、道徳的なことをいっさい拒否して酒とギャンブルを徹底してやってみた。後年まで膨大な借金をかかえたが、当時は返済する気など端っからなく、打てるだけ打ち、飲むだけ飲んで、あとはままよという気持ちだった。他人との関りもすべて拒絶した。デクノボウのごとく生きた。結果、いろいろヤラレタが、やはり身体がズタズタになった。オーラス、ハコテン寸前の私に手を差しのべてくれる人がいて、運良く私は生きのびた。

――さてこれからどうする？

と生きる焦点が狂っていた眼鏡を外して世間を見ると、もう一度、文章を書いてみないか、とすすめる人がいた。

小説は無理だろうが、望まれるなら雑文でも書いてやろうと、浅草の木賃宿ではじめた。その前後に色川武大こと阿佐田哲也に逢った。これも後々、大きなものを教えられた。それは人間はそれぞれの器量で生きるということだ。この言葉は裏返せば、人間はそれぞれの器量の中でしか生きられないということだ。私は文章を書くのに以前のように苦悩する（振りだけだった気もするが）ことがいっさいなくなった。なるようにしかならない。ただ投げ出すことはしないと決めた。投げ出せば文章の仕事をやめると決めた。

文章以外、他に選ぶ道が見えなかったのである。だから若い時から文学に馴染んできた作家とは根本が違っていたのかもしれない。よく天職だという人がいるが、それは他人の評価であり、つまらぬ言葉である。

そういう作家の日常を、遊びを中心とした世間の見方をこの本は書いてきたつもりだ。もし一文節でも読者の皆さんにうなずいてもらえる拠があれば、それでいい。〝遊ばねば見えないものはある〟私はそう思っている。

二〇一一年　春

# 作家の遊び方《目次》

カバー写真　宮本　敏明
デザイン　妹尾善史（ランドフィッシュ）

# 作家の遊び方①

## 「人間どうして働かなくちゃいけないんですか?」

「叔父さん、ひとつ質問をしていいですか?」

正月にアメリカから帰省し、家に挨拶に来た甥っ子が私を見た。

甥っ子は三年前に仙台からアメリカの大学に留学し、今春から就職活動をする予定で、彼の話を聞いていた時だった。

アメリカの大学に留学していると書けば聞こえはいいが、日本の大学の試験を受けたのだが、彼が希望する大学に入れず、そこでアメリカ留学を考えたらしい。

彼の両親は離婚したばかりで家には金などなかったが、息子二人を引き取った母親はどうにか息子の希望をかなえたいと借金して息子をアメリカに送り出した。

最初、私は反対だった。

というのは、海外に留学する若者の大半は親のスネをかじっている者ばかりで、日本での勉学が上手くいかないから外国に目をむけただけのパターンが多い。

今、四十歳、五十歳の大人の男で大学は海外で留学しましたという輩はほとんどが日本での受験戦争を逃避した連中である。

たまに立派なのがいるが、それはほとんどが奨学金か自身がアルバイトして苦労しながら勉強した人である。こういう人は日本に帰らず、学んだ国で働くなり、研究を続ける人が多い。

だから私は同じ歳、もしくは十歳前後の年齢差で海外留学しましたという男を信用しない。

ただこれは私の周囲というか、見てきた、逢ってきた連中だけのことかもしれない。

三年前の春、甥っ子が、海外留学したいと言い出し、母親（家人の妹）が相談に来た時、こう言った。

「仕送りは最低の金額にして、あとはむこうで働きながら勉強するなら外に出してもいいと思う」

その条件で行き、大学の成績が悪かったら日本に戻って就職させようと送り出した。

まあよく勉強して一年目の成績も良かったらしい。

――できればアメリカで就職してくれればいいが……。

そう思っていたら彼は最初の夏に帰国してこう言った。

「日本で、できればマスコミ関係に就職したいんですが」

それを聞いてがっかりした。

よくある一番頭の悪い若者が発想する就職の希望である。

三年アメリカ社会にいて、日本に戻ってマスコミ関係に就職したいというのはアメリカを何ひとつ見てこなかったか、もしくはむこうで日本人ばかりと遊んでいたのだろう。

――いまさら日本のマスコミに就職して何をしようというのだ。日本のマスコミがいかに低脳の集まりかくらいわからないのだろうか。

とはいえ、家人の妹の息子だし、話は聞いた。

話を聞きながらこちらの意見を少しずつ話した。

「IT関係はやめとけ。あの連中は自分たちの金儲けのことしか考えてない。大半が愚者の上に、卑しいのばかりだから、そこに染まったら人生は終わりだぞ」

「金融関係？　銀行マンだって？　君は悪魔に魂を売るつもりなのか。今の日本の銀行マンでまともな人間が一人でもいると思っているのか。あの連中は冷血動物だぞ」

まあそんな感じで話をしていたらいきなり質問してきた。

「なんだ？」

「あの……」

「なんだ？」

「あの……」

「はっきり言いなさい」

「実は前から疑問に思ってたんですが、人間はどうして働かなきゃなんないんすか？」

私は思わず甥っ子の顔を見返した。

甥っ子はシマッタという顔をしていた。
——なんだ。この子は頭がいい子なんだ……。
私はしばらく感動して目の前の若者を見ていた。

## 自由人は辛いよ

「叔父さん、ひとつ質問していいですか？」

「ああなんだよ」

「実は前から疑問に思っていたんですが、人間はどうして働かなきゃならないんですか」

アメリカに留学中の甥っ子は私にさんざん就職について相談した後で、こう訊いた。

普通なら、君は今まで何を私に相談しとったの？　と呆れるところだが、私は甥っ子のその疑問に感心した。

——なんだ、こいつは考え方にセンスがあるじゃないか。

日本のマスコミに就職したいと言った時は最低だと思ったが、見どころがある。

「うん、君、それはなかなかいいところに気付いたね。そうなんだよ。私も長い間、どうして人間が働かなくちゃならないかを考え続けているんだよ。だってそうだろう。人類が誕生した頃は誰も働こうなんて思ってなかったんだから。第一、労働というものが存在しなかったんだからね」

甥っ子は急に力強く頷きはじめた。

――君ね、働かなくっていいと言ってるんじゃないんだぞ……。

「人間は生きのびるに必要な分の食糧っていうか、まあ猟をして、あとは種の保存でセックスして、そんで寝る。これでまあ原始時代はよかったんだろうよ。ところがだ、この地球って惑星はいつも変化しているわね。いい例が今は氷河期の狭間という学説もあるよな。それに富士山だってエベレストだって、日本海溝だってこれはすべて地殻変動で誕生したわけだ。私たちが立ってる場所の下ではマグマが燃え盛ってる。ということは気候だっていつおかしくなるかわからないわけだ。今は地球温暖化なんていうが、世界規模の地震が来たっておかしくないわな」

「そんなのが来るんですか？」

「そんなこと知るわけないでしょ。そのくらいの変化がある地球だから獲もずっとできないってことだ。獲物がなきゃ移動するんだが、それでもあかんから、人間は農耕をやりよったん違うかな」

「そうなんですか」

「推定だよ。私はこんなこと興味ないんだから。まあそれで農耕するのには一人より大勢でやった方がいいわな。ところが人というのは一生懸命稲作るのもおれば、そうじゃないのもおるわな。まあ能力というのもあるしな。それで平等分配とはいかんわな。あんまりやらんかったもんは皆が排除するわな。働かんいうのはそういうこっちゃ。食えんわな」

「僕が言いたいの……」

「わかっとる。就職せんで自分が食える分だけはコンビニのバイトとかなんかやって、自分が暮せる分だけ金を得ればええんと違うかいうことだろう。誰にも迷惑かけてないしな……」

「そうそう、そうなんです。誰に迷惑かけてるわけじゃないし」

「ならそうすればいいんじゃないんですか」

「それでいいんですかね」

「とりあえずやってみればいいのと違うかな」

「本当ですか？」

「本当って何？　本当も嘘もないでしょう。自分で選択したものなんだから、そうやって生きるのがいいと思えばそうすればいいんだよ」

「ちょっと待って下さい。叔父さん、さっきの排除された者はどうなるんですか」

「そりゃいずれくたばるでしょう。けど自由人ではあるわな」

「自由人？」

「そうだ。自由人は気楽だけど、その分辛いわな」

「やっぱり就職しなきゃダメなのかナ……」

——根性のないやっちゃ。

私の考えでは大学なり、勉強、研究の場にしばらく居させて貰えるならできるだけ長く居た方がいいように思う。好きなことをやっていられる時など人生においてほとんどないのだから……。

どういう職業に就《つ》いたにせよ、いつも楽しい仕事なんてのがあるわけはないのだから。

どんな仕事であれ収入を得る行為でいい加減ですむものはない。

甥っ子は誰にも迷惑をかけなければいいと言うが、この世に存在していることが何かしら他人に迷惑をかけている。まだわかるまいが。

# 信じなさんな

何事も懸命にやれば報われる、ということを信じている人が世の中には多い。スポーツ選手なんかでも勝った後のインタビューで、日々トレーニングに打ち込んだ結果だと思います、なんて涙を流しながら話しているのを聞いて、世間一般の人は、

――そうか努力したのが報われたんだナ……。

と思ってしまう。

私はそういうシーンをテレビなんぞで見ていて、

「そうなのか……。けどそれだけでもないだろう。いや、本当はそういうもんじゃないんじゃないか」

と思ってしまう。

かつて私も若者であった頃、人は努力をすると、それなりの結果を得られると

思っていた。

例えば高校の野球部に入って甲子園を目指し、鬼監督の下で正月も休まず練習をした。

それが夏の予選で一回戦で敗れ、鬼監督が目に涙をためて、私の肩に手を当て、

「すまなかった。皆よく頑張ってくれたのにすまなかった」

と言われた時、私は内心、

――監督、冗談じゃないっすよ。三年間これだけ頑張って、すまなかったって、あなた、そりゃすみませんぜ……。

と言いたかった。

学業成績が上がったりするのも、よく勉強したからだ、という同級生や、そう指導する教師がいたが、そういうもんじゃないんじゃないの？　と思っていた。

私の三歳上の姉などぜんぜん家で勉強などした姿を見たことがないのにいつも成績はトップだった。

父親の方針で我が家は女の子は進学させないと決っていたから、彼女は高校か

ら大学には進めず洋裁学校に行かされた。

それが彼女の人生の中で唯一の悔いだったのか、結婚し子育てを終えると、五十歳のなかばで大学を受験し早稲田大学に合格した。

父はそれを聞いて言った。

「なんじゃ東京大学じゃないのか。そんな大学にわざわざ行って、わしへの嫌味か」

父は東大以外の大学は皆、東大を落ちた者が行く大学と思っていた。

「早稲田大学に合格するのは大変なのよ」

姉が説明しても父は笑って相手にしなかった。慶應なんぞは、父は試験がないところだと思っている。

世の中をこうだと決め込んで生きてる人の言葉は清々しいというか、潔く聞こえるから妙だ。

話が逸れたが、その姉を見ていて彼女が勉学に関して努力したとは思えない。

そういう結果になる場所に彼女が立っていたんじゃないか。

運命論を話しているのではない。

努力すれば何事もなるという発想はかなりいい加減なんじゃないかということだ。

根拠が何もない気がする。努力したり、懸命に物事をすることに依存しているのと違うんだろうか。まあ一種の依存症というか、病気のようにさえ思う。

これに関係することだが、そういう人はどこかで自分を信じているように思う。

――自分を信じる。

これはかなり大胆な考えである。

世の中、自分を信じることができる人と、のっけから自分を信じない人の割合がどれほどなのかわからないが、私は少なくとも自分を信じることはない。

例えばギャンブルでよく自分の誕生日や生まれた年の数字に賭ける人がいる。

私はそんなことは一度もしたことがない。

――私の生まれた日の数がラッキーなわけがない。

逆に私に良くしてくれる人、例えばヤンキースの松井秀喜選手の背番号の55番で競輪は枠番の⑤－⑤と車番の⑥＝⑦は最後に抑えたりするし、たまに馬券を買う時は武豊騎手が騎乗していれば無条件で買う。

――神戸新聞杯、単勝420円なら買っておけって！

別にギャンブルでなくとも、私は自分に関ることはいっさい信用していない。何もかもである。仕事もそうである。これまでやってきたことを何やらいいように言われても、

――なわけないだろう。

と内心思っている。表面上は、いやいや……なんて顔してるけど、

――誤解されているわけだ……。

と呆れる。

〝信じる者は救われる〟という宗教的な言葉があるがこれはわかる。

先述したように何かを懸命にやれば報われることと同様に自分を信じれば楽であるに違いない。

ただ信じる者が救われるのは、その宗教と神の教えるところを信じれば救われることが本意ではある。

しかし私に言わせると、信じない者もまた救われるぜ、なのだ。信じるから、結果が悪く出たり裏切られたりすると、落胆、失望は大きくなるのである。

まず自分のことはどこかに放り出して、世の中で日々起きていることを見てみると、たしかなものなど何ひとつないように思えてくる。人間がすがっているもの、拠りどころにしているものが、いかにあやふやなものかが見えてくる。

ギャンブルはまさにその典型かもしれない。金も時間もそうである。〝時は金なり〟とは両方あやふやなものだと言っているのかも。

自分を信じなければ他人を寛容に眺められるし、思わぬことが起きても、あわてることなく、

——そんなこともあるだろう。

と思える。

今回は何を書いたのか、さっぱりわからない。信じられない作家だ。

# 煙草が美味い

煙草の話を少し書く。

私は煙草を呑む。どうして煙草を呑むようになったか、と考えると、煙草を呑むことが大人の男の証しであった時代があったように思う。

煙草は人間の身体に悪いそうである。

私が若い時分には、そんなことを言う人はいなかった。

私の前で煙草は身体に悪いと初めて言った人は、大麻を吸う人たちだった。

「君さ、煙草は人間の健康を害するんだよ。でも大麻は違うんだ。大麻は本当に人間にとっていいものなんだよ。君も吸えよ」

そう言った人はしばらくして皆逮捕された。

煙草を呑む人、喫煙者は今や先進国のどの国でも落伍者のごとく扱われているらしい。

ほんの三十年前まで、そんなことはなかった。それがなんの拍子か煙草がすべて悪いという話になった。

人は全体の流れに添うのである。

医学的にはたしかに悪いという。

そりゃそうだろう。ニコチンを体内に入れるのだから。

それなら吸えばすぐ死ぬと宣言をすれば良いのである。どうしてできないか。

老人たちが吸っているからだ。

アメリカ合衆国で言えば、煙草の製造メーカーが絶大な力を持っているからだ。彼等は合衆国内では煙草による疾患に厖大な慰謝料は払っても、今、合衆国の煙草産業を支えているアジア諸国ではそれをしない。

これがアメリカ人のアジアに対する考えの基本であり、煙草業者はまさにその象徴である。

でもそんなことはどうでもよろしい。

私も、ひどい二日酔いの時、煙草をやめようか、と思ったことは一度や二度ではない。でも今も呑み続けている理由はよくわからない。

〝ニコチン中毒〟という言葉が、私の若い時に流行した。

それを聞いた時、〝中毒〟なんていい言葉じゃないか、と思った。

それ以前に恰好の良い大人の男は皆煙草を呑んでいた。

しかもその姿が美しかった。

私は年配者の前で、

――煙草は人間の健康を害すし、だからやめた方がいい……。

などとは決して言わない。

人生、五十歳、六十歳を過ぎれば峠を越えたことくらいは年寄りは誰でもわかる。残る人生が何年、何ヶ月かは具体的に想像できる。

――その残る人生が、煙草をやめれば、あと一ヶ月延びますよ。

と若い者から言われたら、ほとんどの煙草好きの年配者はこう言うだろう。

「わしの人生はわしが一番わかっとる。今さら一ヶ月寿命が延びて、それが宝などと誰が思うものか」

彼等は何もかもわかって煙草を呑んでいるのである。

今日、私たちが経済大国やらIT産業やら、ファッション発信地やら、ほざいているのはすべて彼等、年配者が踏ん張ったからである。

だから敬えと言っているのではない。彼等とて急に尊敬されても疑うばかりであろう。

煙草を呑む年配者は、煙草の中の有害なものとか、心臓病患者にはもっての他とか、皆承知しているのである。

——承知の上で呑んでいるのだ。

これが私には、イイ感じに見えるし、それが大人の男と思うのだ。

若者よ。年配者にむかって、煙草を吸いなさんな、と気安く言うんじゃないし、煙たそうな顔をするんじゃない。

大人の男に生まれて、酒と煙草と博打と女、それらすべての良さを知らずに生きてどうするのだ。

JT（日本たばこ産業）が今期大幅の利益を上げたそうだ。聞けば本業とは違うことで金を儲けたらしい。そんな仕事のやり方をしていればすぐに逆風が吹き、足元からやられるのは子供でもわかる。

——ともかく美味い煙草を作れ。

それ以外にやることはないだろう。

# なんの役にも立つまい

　年の瀬が迫って、締切りに追われているのだが、いっこうに仕事がはかどらない。

　なんだか眠くて仕方がない。

　そのうち何もしなくてもずっと眠れるようになるのが人間なのだが、起きている時、眠いのは困ったものである。

　身体に悪い所がなくともこれだけ大変なんだから、色川武大（阿佐田哲也）さんのように病気で初中後《しょっちゅう》眠いのはさぞ辛かっただろう。

　それとは逆に、不眠症というのも大変らしい。目のまわりにクマを作って起きてるのだから、拷問を受けているのと同じだ。

　その点、我が家の犬は羨ましい。

　眠りたい時に勝手に眠り、遊びたい時は夜中でもずっと騒いでいる。それで疲れると、突然、倒れるように眠る。

これだから犬は小説を書けない。

小説を書く犬がいたら、ぜひ飼いたいものだ。

犬が仕事をしている間、こっちは競輪、麻雀に明け暮れていればいいわけだ。

犬が書いた小説というだけで、最初は客がつくだろうし、その上面白いとくれば〝犬に金棒〟である。

適当に散歩に連れて行き、ドッグフードをあたえておき、あとはひたすら仕事をさせる。

今、こうやって書いていて、これは犬の話ではなく、私自身のことを書いているのではないかという気持ちになってきた。

――私は犬か？

犬といえば、学生時代、大学がストライキに突入し、デモ隊が学生部を襲うらしいという情報に、体育会から一年生を選択して学生部を守ることになった。

相撲部、柔道部、アメリカンフットボール部、ラグビー部……といった体力に自信がある部から一年生が集まった。

私がいた野球部でも、私と、後にプロ野球に入団したY君が派遣された。

「おいよかったな、練習を休めて」

Y君は池袋にむかう電車の中で言っていた。

「そうだな。早く終ったら帰りにキャバレーでも寄ってくか」

「それがいいな」

学生部がある校舎の前で体育会の学生が屯《たむ》ろしていると、しばらくして掛け声とともにデモ隊がやってきた。さほど過激な感じではない。

よく見ると男子学生だけではなく、女子大生もヘルメットを被って加わっていた。

突入してくるようなデモ隊ではない。それでも少しずつデモ隊は私たちのいる場所に近づいてくる。

「あれっ？」

デモ隊の中に私のクラスの女の子がいた。

なかなかの美人だった。

――へぇ〜、頑張ってるナ。

感心して眺めていると、彼女の方も私に気付いた。

やがてデモ隊が私たちの前にやってきた。

「おい、あの右から三番目の子、俺のクラスの女の子だぜ」

「どれどれ可愛いじゃないか」

私たちの目の前に彼女が近づいてきた。

彼女は私の顔を睨みつけて怒鳴り声を上げた。

「西山（私の名前）、大学の犬」

Y君はぽかんとして私に訊いた。

「今、おまえの名前を呼ばなかったか」

私も呆気にとられていたが、すぐに彼女の言葉を思い出し、

「呼び捨ての上に、犬かよ。おいY君、帰ろうぜ」

私たちが引き揚げようとすると、学生部の職員が呼び止めた。

「君、君、どこに行くんだね」

「もう帰りますよ。ワン」

競輪の方はここしばらく見《ケン》を続けている。今日、広島記念の三日目をひさしぶりに打った。

目が、流れがかわるのをじっと待っている。そろそろ目がわりかと期待しているのに……。

ギャンブルはいったん流れが底に入ると、なかなか這い上がれないものである。

この時期をどうシノぐかで、ギャンブルの筋肉がつく。ギャンブルの底力がつく。

——まあ、そんな力がついたところでなんの役に立つわけではないんだが……。

ギャンブルがいくら強くても、所詮、二流の人間でしかない。

それは酒がいくら強くても、所詮、ただの酔っ払いでしかない。酒に勝った酔っ払いが一人もいないのと同じである。

何はともあれ遊ぶのは大変である。

この頃、繁華街に出て、飯を喰いに行けば、やれあの店に星がひとつだ、ふたつだと話題である。

なんでもフランス人が東京の飯屋の格付けをしたらしい。

日本食、鮨屋、中華、フランス料理の店を回って採点したという。

フランス人に日本食の味覚がわかるのか？

――わかるわけがない。

フランス料理だけにしておけばよかったのに。

それは日本人の食通ぶった輩がパリのどこそこのフランス料理が美味いとわかったようなこと言ってたのと同じじゃないか。

ましてや鮨の味などわかるまい。

しかしどうして〝鳥政〟は入ってなかったんだろうか。そうか、あの親子はフランス語が喋れないものナ。

星なんてなんの役にも立つまい。

# 酒呑みの天国

アイルランドのダブリンの街に入ったのは夕暮れだった。

その日が週末の金曜日ということもあり、少し賑やかかもしれないと思っていた。

空港からの車がホテルに近づくと道路に人があふれていた。

「今夜は祭りか何かかね」

ドライバーに訊くと、

「いや週末はいつもこんなものだ」

と平然と言う。

車の両サイドに屯《たむ》ろする人たちの顔を見ると、これが全員酔っ払っているふうに見えた。

「これって皆酒を飲んでるのか」

「そうだ」

ドライバーは言う。

「どうして外にいるんだ」

「店の中が一杯だからだ」

私が宿泊する予定のホテルの両隣り、真むかいもすべてバーなのに客が入りきらないらしい。

「どうしてこんなに酒呑みであふれてるんだ」

「だってここはテンプル・バーだ」

テンプル・バーとはダブリンの若者が集う場所で、昔、テンプル一族の所有していた地域であり、バーとは酒場ではなく土砂が堆積した河口や砂洲のことを言う。

ホテルにチェックインすると、これがギンギンなロックがスピーカーから流れてフロントマンの言葉も聞きとれない。

「いつもこんなにやかましいのか」

フロントマンは笑ってうなずく。

ロビーに酔っ払いがうろうろしている。男も女も皆いい機嫌だ。

——大丈夫かよ。

そう思う気持ちと、

——なんか楽しそうだのう。一発飲みまくるってか。

という気持ちが交差する。

〝街を知るには酒場に行け〟というが、ここは街がすべて酒場である。

部屋に荷物を放って街に出た。

いやスゴイ。ずっと酔っ払いが屯ろしている。店に入ろうにも入口まで客であふれているではないか。

——なぜこんなに大勢の若者が揃いも揃って酒を飲むんだ？

眺めていて少しずつ気分が良くなった。愉快になってきた。

——こりゃいい街じゃないか。ダブリンを私、支持いたします。

さすがにウイスキーの発祥の地、ギネスビールの生まれた土地だけのことはある。

一軒のバーに入った。

壁にはジェイムズ・ジョイス、バーナード・ショー、イェーツ、サミュエル・ベケット、シェイマス・ヒーニーの写真があちこちにある。

――文学と酒だわナ。

バーの中はテーブルとカウンターは勿論一杯で、ほとんどの客が立って飲んでいる。その客たちが全員何やら真剣に話をしていて、話し声が反響して空気がふくらんでいる。

――なんだか懐かしいナ。

私がガキの頃、こんなふうに皆酒を飲んでいた。

最近の日本人は健康志向とか言って適度の酒しか飲まない。ところがこの連中はツマミもなしでビールかウイスキーをガンガンやっている。

――私は君たちを尊敬するね。いやはや愉快だ。

ジョイスの作品の中で私の好きな『ダブリン市民』の短篇に『対応 COUNTERPARTS』というのがあって、作品の冒頭、法律事務所か何かに勤める大男の主人公が上司から怒鳴られ、机に戻ってすぐに事務所のむかいのバーに行き、黒ビールを一杯飲むシーンがある。

この男は酒を飲むことしか頭の中にない。仕事を終えて早く仲間と酒をやりたい。

最初にこの短篇を読んだ時、主人公がアルコール依存症かと思ったが、ダブリンに来て、そうじゃないのがよくわかった。

ここの連中は皆酔っ払いたいのだ。

ジョイスも酒呑みだった。

その夜は朝方まで騒ぎが続いた。

――いいね、ダブリンは……。

翌朝、目を覚ましても二日酔いではなかった。

――あれだけ飲んだのに、なぜ？

気分がイイ酒だったからだろう。

ジョイスの短篇『対応』の主人公は質屋に時計を入れて、その夜の酒代にする。その飲み方がイイ。仲間と奢《おご》り合うのだ。それですべて金を使い、子供に家の扉を開けて貰うのだが、昔はそういう飲み方をするオッサンが日本にもたくさんいた。

去年、天国に行った関西の競輪記者のHも同じように飲んで借金だらけだった。

金がないのに飲みはじめると人にご馳走し、支払いの時に自分が払うと喧嘩腰になる。

——あいつの酒はやっぱりイイ酒だったんだナ。

Hはダブリンに生まれてくればよかったんだろう。

部屋のテレビを点《つ》けると、朝からブックメーカーがイングランド、スコットランド、そしてアイルランドで行なわれる競馬、サッカー、フットボール……などあらゆる賭けの対象になるレース、ゲームのオッズを画面に映し出していた。

——いい街だね。

「カジノはないのか、カジノは」

「ないと思います」

コーディネーターの女性が言う。

——ないわけないだろうに。

まあ仕事で来てるのだから、そう興奮しなくてもいいか。

アイルランドは北海道くらいの広さで五百万人の人口らしい。そのうちの百五十万人がダブリンに住んでいる。昔、この国は大飢餓があり百万人以上が死んで以来、ずっと人口が増えなかった。

原因は人々が移住したからだ。

ジョン・F・ケネディの祖父も移民の一人だった。あのジョン・フォード監督、俳優のジョン・ウェインもそうだ。移住して海外で暮らしているアイルランド系の人々が今や三千万人もいる。

なんだか物語の多い国だ。

今夜も飲むぞ！

# 藤原伊織の◎◎

ダブリンがよほど気に入ったのか、ついつい飲み過ぎて、部屋に帰ってからも一人で飲んでしまった。

これがイケナカッタ。

そのままソファーで二日続けて寝てしまった。

三日目の朝、熱が出ていた。

風邪を引いたらしい。

一ヶ月余りの旅の終りだったから疲れもあったのだろう。

熱が出て、身体が火照り、頭はボーッとして、まったく思考能力がなくなってしまった。

読みかけの本の活字を目で追っても何が書いてあるやらわけがわからない。

――ジョイスって何？　チョイスの間違いじゃないの。ベケットって何？　ジャケットのことかい？〝強盗を待ちながら〟ってなんのことじゃ？

この頃、旅先で風邪を引くことが多くなった。

若い時は十年、二十年、風邪など引かなかった。やはり身体がヤワになったのだろう。

そんな時は半日、太陽の下に出てゴルフか何かをして身体を元に戻そうとするのだが、海外ではそういうわけにいかない。

それにしても体温が一度か二度上がるだけで人間は朦朧《もうろう》としてしまうのだから驚異的なバランスで生きている。これが五度上昇すればタンパク質もアミノ酸も破壊されて死んでしまうのだものナ。

――何が理想的な生き方だっちゅうんだよナ。

風邪を引いたままパリに戻ってきて、ずっとホテルの部屋でヒーターをかけて寝込んでいた。

ちょっと見ておきたかった絵画があったのだけど、風邪を引いて熱でぱらんぱらんになってる時は、

――何がドラクロアちゅうの。

って心境になる。

私、元々、絵画なんか好きじゃないんじゃないか、と思ったりする。ドラクロアよりドラ9《キュウ》ロンの方が実入りがいいのとちゃうん？


翌日、この続きをまた書きはじめる。

やはり風邪を引いて文章を書くとこうも支離滅裂になるものか。

それでも文章に味があるような気もする。

海外に出ていると、国内にいる時より金を使わなくてすむんじゃないかと思っていたが、カジノに行ってついつい熱くなり、給与一年分をなくしそうになって、どうにか取り返して安堵しているようじゃどうしようもない。

ともかく疲れた。

なんのために働いてるのか、まったくわからなくなった。

翌日、また書き継いだ。

作家の藤原伊織さんが亡くなった報を聞いた。

——まったく、いい作家から死んでいく。

葬儀には参列できない。

いい麻雀を打つ人だった。

ケレンがない人だった。

『ダックスフントのワープ』などは名作である。センスが良かった。

藤原さんのような人を作家と言うのだろうナ。


あれはたしか藤原さんが『テロリストのパラソル』で直木賞を受賞された直後だった。

或る雑誌の企画で、私と藤原さんと浅田次郎さん、それにもう一人はプロ雀士が入っていたと思うが、四人で麻雀を打った。

オーラスの局面になり、私が藤原さんに提案した。

「この局面、どちらが和了するかで遊びませんか」

実は私は藤原さんの受賞祝いに一緒に飲むつもりでいた。

ところが藤原さんは酒場に行かずに麻雀を打つ方がいいと言い出した。

私の懐には用意した酒場の代金がそのまま残っていた。

「いいね。どうする？」

藤原さんはその半荘も独走で機嫌が良かった。打つ手、打つ手が皆和了する感じだった。

「×本でどうだね」

「×本って、伊集院さん、×本だよね」

「そうです」

藤原さんの麻雀で感心したのはこういう時に早和了の手造りをしない。できれば私から直に取りたかったのかもしれない。

浅田さんも場が二人の戦いとわかって回し打ってくれていた。

藤原さんが場が詰まったところでリーチをかけた。

妙な捨て牌だった。

チュウチャン牌が早い内に続けざまに切られて、字牌が一枚も切られていない。手の内に無駄な字牌が来ないということはまずあり得ない。

——国双かな……。七対子？

そう思って安牌を切っているうちに私の手でテンパイを構えられるようになった。

私は藤原さんの顔を見た。

藤原さんは麻雀でもブラフをしない人である。

「どうしたんですか、伊集院さん。リーチですか」

――こりゃダメだナ。

私は降りようと思ったが、切らなくてはならないのは🀚である。

早いうちに🀛と🀜が切り出してあり、🀙までが中盤で出ている。

「あなたは今はツイてるからな。ここは引き下がった方がいいんだろうナ」

「伊集院さんらしくもないですね」

――これも別にブラフの言葉ではなかった。

よし、どれだけツキがあるのか見てやるか。

私は🀚を切った。

藤原さんの顔が、あの人なつっこい笑顔にかわった。

その夜、私は用意した酒の代金では負け分が足らず、藤原さんに借用書を書いた。

「いや、こりゃ価値がある」

その夜、私はツキの怖さと、それに逆らうことを厳禁するべきだと教えられた。いい人を亡くした。

# どれだけ酒を飲んだか？

このところ酒を飲んで二日酔いになると、酒が抜けるまでひどく時間がかかる。

酒に対する抵抗力が落ちているのだろうか。

以前は、さあ今夜は少し飲んでやるかと勢いをつけて飲めば一人で日本酒なら二升くらいは一、二時間で軽く飲めたし、ウイスキーなら三十分でボトル一本空けても平気だった。

それがこの頃は、その半分も飲んでないのに酔っ払う。

まあ安上がりでいいのだが、二日酔いで一日頭がぼんやりしているのは仕事に影響する。

たいした仕事をしているわけではないのだが、筆を執って文字を書きはじめても何を書いてるんだかわけがわからないものになる。

元々、わけのわからない文章ではあるのだが、さらに拍車が掛かり、読解不可能なものになる。そこまでになると、芸術的でさえある。

——ひょっとして私の身体の中に、ジェイムズ・ジョイスがとりついたか。

先日、或る酒造会社の取材で金沢と神戸に出かけた。

どちらもそこで一、二と評判のバーを訪ねる仕事である。

「いいですね。仕事で酒が飲めるなんて……」

そう思われるかもしれないが、昼間から酒を飲むことを私は禁じているので、なかなか辛いものがある。

金沢のバーでは美味いハイボールを飲ませて貰ったし、ドライマティーニもなかなかだった。

神戸ではシングルモルトの絶品を飲んだ。

どちらのバーのバーテンダーもベテラン中のベテランで酒が美味かった。

酒自体になんらかわりはないのだが、いいバーテンダーにこしらえて貰うと酒が美味いのが面白い。

金沢では酒以外に美味い鍋を食べた。

神戸では焼肉を日本で何年か振りに食べた。これもなかなかだった。

ただ酒を飲み過ぎて、金沢から神戸にむかうサンダーバード号の中で何度も吐きそうになった。

そんなになるまで飲まなきゃいいんだが、飲んでる最中は翌日のことを考える暇がないほどガンガンやっている。

つまり何も考えちゃいないってことなのだ。

しかしこのバーを訪ねる旅が一年続くという。

身体壊すんじゃなかろうか。

元々、壊れてるか。

今週から小倉で競輪祭がはじまる。

もう小倉にもずいぶんと行っていない。

毎年、冬の小倉に行くのが年中行事のようなものだった。今と違って競輪祭は、その年の最後を飾る特別競輪だった。

美味いチャンコ鍋を食べながら、

「鬼脚、そこから突っこめ」

なんて声を上げていた。

マンガ家の西原理恵子画伯の口癖ではないが、いったい小倉にいくらの金を捨てに行ったのだろうか。

それを計算してもしようがない。

それが何億であろうとたいした話じゃない。すでに手元にないものを数えるほど愚かではない。


そういえば、先日、築地市場を見学に出かけた。

銀座で鮨屋をやっている後輩の職人に案内され、どんなふうに仕入れをするのかを編集者と一緒に市場見学した。

早朝、しかもえらく寒い日だった。その後輩に普段通りにしてくれたらいい、と最初に話したのだが、いきなり歩き出したら速いのなんの、こっちは狭い路を出入りする軽子《かるこ》を避けながら歩いていたので、たちまち置いて行かれた。

やっとの思いでついて行ったが、たちまち汗が噴き出した。

一時間余り、歩き続けたら、すっかり二日酔いも覚めていた。

――二日酔いには築地だな。

築地で感心したのは、そこで働く男たちが皆お洒落《しゃれ》だったことだ。いろんな店の中でも、ここが鮪なら築地でも五本の指に入る、といわれる店は、若衆もベテランも姿、かたちがいい。着こなしもいいし、髪も整っている。

――これが男の仕事場の恰好なんだろう。

とひさしぶりに風情のいい大人の男たちを見た気がした。

築地の見学を終えて、そのまま早朝の銀座にむかった。

通りに誰もいない銀座を見るのは初めてである。

金春通りから歩きはじめたのだが、夜になっての店の中は知っているが、外から見るとこんなふうなのか、となかなか面白かった。

それにしても店の数の多さは半端じゃない。

これほどの数の店にママがいて、バーテンダーがいて、女の子がいるのが信じられないが、その店がやっていける数だけの客がいるのにも驚いてしまう。

――まあその客の一人ではあるんだが……。

興味深いのは、どの店もそれぞれ、それなりの店の名前がつけられている点だった。

バーであれ、クラブであれ、居酒屋であれ、そこには人間がこしらえる物語のようなものがある。

私たちが大切な時間にわざわざ酒場に出かけるのは、実はその物語らしきものの中に身を置くことができるからかもしれない。

これまでどれだけの量の酒を飲んできたかと振り返るのは、これまでどれだけギャンブルで金をなくしたか、と考えるのに似ている。

# 厄払い

十日程前に深夜、酒を飲んでいて突然、どこか温泉でも行ってみるかという気分になり、那須塩原に出かけた。

朝、東京を出て那須高原にむかった。途中、東北自動車道から見える桜が葉桜から散り際の桜になり、やがて満開の桜にかわった。

北にむかって車を走らせているのだから当り前の話だ。

個人的には桜は好きではない。

桜が好きではない理由はいくつかあるが、子供の頃、桜の開花時期に嫌な出来事が重なった。どんな出来事かは忘れてしまったが、桜が咲いている風景を目にすると、

――なんだか嫌な感じ。

という感覚だけが大人になっても残ってしまった。

だから花見などは上京してから一度もしたことがない。

那須に着いて、昼間はゴルフをハーフほどラウンドし、夕刻から塩原の町で美味い飯を食べた。

その料理店の女将に宿を取って貰った。町中のホテルで地下に露天風呂があるのだが、夕食の時に飲み過ぎて結局、温泉は入らずじまいに終った。

夜半、寒さで目を覚ました。

――何をしに来たかよくわからなかったナ……。

そう思いながら、今度は桜の花が少しずつ散るのを見て帰京した。

翌週、今度は八ヶ岳の山麓まで出かけた。

こちらは仕事で、或る洋酒メーカーの蒸留所を訪ねての一泊旅行だった。

今回は中央自動車道を北にむかったのだが、また桜が逆回転で少しずつ満開にむかっていくのを眺めていた。

去年からシングルモルトの蒸留所の見学が続いている。

スコットランドのハイランド地方、アイラ島、京都・大山崎、そして今回が山梨の白州町である。

どういうわけか蒸留所を訪ねる前夜にいつも酒を飲み過ぎてしまい、ひどい二日酔いでの見学になった。

吐きそうな気分で酒を造る工場に入るのはなんともきつかった。

「どうかなさいましたか？」

途中で説明して下さる工場の人が私の顔を覗きこんだ。

「いやなんでもありません」

——実は酒を飲み過ぎて吐きそうなんです……。

とは言えなかった。

「この樽の中のシングルモルトが熟成して美味しい酒が生まれるわけです」

貯蔵樽の前に立っているだけで気持ちが悪くなる。相手の説明に頷きながら胸をおさえていた。

翌日、私がモデルになる撮影があって、半日カメラの前に立った。

「もう少し右をむいて下さい。一度遠くを見ましょうか。はい、もう少し目を開いて下さい」

カメラマンが言うがままに向きをかえたり、目を開いたりする。風が強くなるとヘアメイクの女の子が駆け寄ってきて、乱れた髪をなおしてくれる。

そうやって半日が過ぎた。

撮影の間中は自分がよく写ることを考える自分が居たりした。

撮影が終了して、お疲れさまになったが、ふと周囲を見回すと、美しい新緑の林がひろがっていた。

——この風景にも目がむかなかったのか……。

そう思った途端、モデルという職業は何ひとつ考えなくてすむのだと気付いた。

——そうか、これが役者で二枚目なら、なおいっそう自分がいかに男前に写っているかだけを考えているのだろう……。

それを十年、二十年と続けた男の俳優は何ひとつ考えないで人生を送ることになるナ。つまり二枚目の男優は思考力がなくなってしまうのは当り前なんだということがわかった。妙なことを納得した一日だった。

帰りは雪をかぶった富士山が車のフロントガラスにずっと映っていた。

——この富士を武田信玄は見ながら、山のむこうにある海を想い、さらに京の都を想っていたのだろう。

と、これも妙に納得した。

或る文学賞の選考会があり、選考会が終った後、銀座、六本木で少し飲んだ。帰り道、出版社から手配して貰った車が交通事故を起した。追突されたのだが、私はひどく腹立たしかった。事故に遭うこと自体が許せなかった。

那須塩原では胃の調子が悪くなり、数日後には痔の調子が数年振りに悪くなった。そうして夜半の車の事故。小淵沢からの帰りに高速道路に入るとすぐに車が大破する事故が数台先で起っていた。

——オイオイ、こりゃあかんぞ。

次の週、私はヨーロッパに旅発つ予定だったので、厄払いに出かけることにした。

日曜日の午後から川崎大師に行った。電車に乗って出かけた。

午後四時の受付けにぎりぎり間に合った。

厄払いもコースがあって、三千円、五千円、一万円、三万円以上なんてある。金をたくさん払えば御利益があるものなのかどうかはわからないが、五千円コースにして貰った。

護摩を焚いて坊主たちが祈る。

手持ち無沙汰だったので、自分の手を見ていたら知らぬ間にゴルフのグリップのかたちをこしらえていて、

「あっ、そうか。グリップがいけなかったのか」

と最近ボールが真っ直ぐ飛ばない理由がわかった。

——厄払いに来て良かったナ。

厄払いを終えて、ひさしぶりに本所、吾妻橋のそばにある洋食屋さんに出かけた。

そこでご主人から癌に効く岩盤浴の話を聞いた。

「そうか、温泉に行くなら、このご主人にまず聞けばよかったのか」

いろんなことを学んだ数日間だった。

それにしても厄払いに来ている人が多いのに驚いた。困ってる人が世の中には

たくさんいることがわかった。

# いい日曜日だな

いやはや……、週末の夜、ひさしぶりに飲み過ぎて一日中へたってしまった。どうしてあんなに飲んだのかまったく理由がわからない。気が付いたら翌朝、ホテルの床に靴を履いたまま倒れていた。

ひどい二日酔いだが、以前のように自覚がないのか、ぼんやりとして天井を見ていたら、天井が割れて巨大な女の尻が出てきた。

——こりゃ、イカン。

すぐに目を閉じてまた眠った。

昼過ぎに起きて、顔も洗わず表に出た。

——まずは何かを胃の中に流し込んでやらなくては……。

聖橋を渡り、秋葉原の方にむかって坂を下りた。下り坂だし風が背中を押すし、身体の神経がおかしくなっているから、どんどんスピードがついてしまう。

前のめりになりそうでさらに足を素早く前に出す。

——このまま木更津まで行ってしまうんじゃないか。

とだんだん心配になった。

でもそこはよくしたもので気持ち悪くなって生垣につかまり、吐こうとしたら、

「嫌だ。汚ない」

と通りがかった若い女の子が声を上げた。

——汚ないっておっしゃっても、お嬢さん、私も好きでこうしとるわけじゃ……。今、吐いたらすぐ綺麗になるから一緒にアキバでも行コカ。

どうにか万世橋に着いて、二日酔い対策のトップスリーに入る〝ミソパーコーメン〟を食べた。ミソを食べてると自分の胃腸の中も同じような状態じゃないかと思えてくる。

食べ終えて店の脇で一人煙草を呑んでいると、ポカポカした陽差しに、

——この陽気じゃ、明日あたりビアガーデンもオープンするんと違うかしら。

と思えてくる。

すぐかたわらに男が三人私と同じように煙草を呑んでいる。このあたりって路上喫煙禁止で喫煙場所に皆集まってくる。

少し前まで世の風潮である禁煙に逆らって煙草を呑み続ける人には性根のある人が多かったが、今はもう人生の落伍者みたいなのが大半をしめるようになった。見ていていかにも仕事はできない、遊びも半端、将来も見込めそうもない連中が多くなった。

――まあ基本的にはこういう感じの人が好きなんだけどさ。

「今日はニュービギニングが楽勝だろう。ディープの弟だからな」

「サラブレッドは弟も走るのかな」

「当り前だろう。亀田三兄弟見たらわかる」

「カメとウマは違うでしょう」

「どっちも背中に乗れるだろう」

「ウマは人でカメは子ガメでしょうが」

「マゴガメも乗せられるで」

――コラコラ話が違う方に……。

「俺はフサイチホウオーだな」

「馬主が派手過ぎてどうもな」

「ジミよりハデがいいでしょう。春だからパーッとした方が」

「もう春だな。ええことないな」

「本当にさっぱりないね」

「アキバで若い女の子引っかけよ」

「俺たちに喰いつくかな」

私は彼等を見た。作業場のジャンパーによれよれのズボン、サンダル履きである。

「このところ女もご無沙汰だな」

「ご無沙汰ってどれくらい？」

「もう四半世紀になるかな……」

「二十五年か……、そりゃ淋しいね」

「人生って淋しいもんだよ。アウトローは孤独さ」

「アウトローと言えば松坂活躍できるかな」

「いや大変だろう。赤い靴下だからな」

「赤い靴下って何？」

「レッドソックスは赤い靴下だろ」

「そうなの。あなた英語できるの」

「日常会話くらいならな。コーラ、ソープ、マッサージ、サービス、セット料金

……」

「そろそろ場外馬券売場に行こうか」

——いい日曜日だな……。

# なかなかだったナ

このところ昔の友人から、突然、連絡が入ることが多い。

どこでどう連絡先がわかったのかわからないが、電話のむこうで、

「よう、Sだよ。ひさしぶりだな……」

と唐突に言われる。

何十年振りの者もいて、すっかり忘れていてもよさそうなのだが、ところが妙なもんで、相手の声や口のきき方ですぐにどこの誰かがわかってしまう。

この頃、人の名前や土地の名前がすぐに出てこなくて、

――そろそろ老化がはじまったか。

と思っていた。

記憶とは妙なものである。

十日程前に連絡があったSは三十七年振りだった。

――よく憶えてるって？

そうじゃなくて、Sがそう言ったのだ。

Sは横浜で私が暮していた時代の遊び友だちだ。

――友だちはおかしいか、ダチ公だわナ。

「おうSか、元気か？」

「おう、なんとかやってるよ。ひさしぶりに東京に出てきたもんで、△△に連絡したら、おまえさんの話が出て頑張ってるってんでナ。じゃ逢ってみようかと思って電話してみた」

「そうか、夕方には仕事も終る。どこかで一杯やるか」

「大丈夫なのか？　無理をしなくてもいいんだぜ」

「何を言ってる」

Sは今の東京がまるっきりわからないと言う。

そこで銀座のTホテルのロビーで待ち合わせた。

夕刻、日比谷にむかうタクシーの中で、Sとつるんで遊んでいた頃のことが思い出された。

酒場、麻雀、競馬……、女をナンパするのも一緒だった。

黄金町、日ノ出町、山元町、本牧、小港、根岸……、懐かしい町の名前がよみがえった。

金のために何やらヤバイ仕事も二人してしたことがあった。

小港に入っていた得体の知れない船に、これまたどこの国の者やらわからない船員に、これを届けて欲しいと言われた小悪党から預った品物を運んだりした。

届けた後、ボクシングジムに半金を受け取りに行くと、相手はまるで頼んでいたことを忘れていたかのように、

「おっ、そうだったナ」

と懐から金を出して渡した。

その金を手にSと二人でトルコ風呂に出かける途中、

「チョウさん（その当時の私の名前）よ、あの中身はなんだったんだろうな。俺が思うに……」

「S、やめとけ。詮索したところでなんになる。忘れることだ」

「けど気になるじゃん」

――そうそう、じゃんなんて語尾を平気で使っていたナ。

Tホテルのロビーに入ると、Sは頭髪こそ白くなっていたが、体型は昔のままで相変わらず洒落ていた。

「かわらないな、S」

「そっちは少し太ったか」

「少しどころじゃない」

「けどすぐにわかったぜ。その人相はそうそういないもんな」

「悪かったナ」

二人とも笑いながら歩き出し、ガード下の小料理屋に入った。

「ここはよく来るのか」

「いや何年振りかだ」

ビールを左手で注ぐSの手元を見て、Sが左利きだったのを思い出した。その手に多くのシミがあり、

――歳月が過ぎたんだナ。

と思った。

それはこちらも同じである。

東京は二十数年振りで、北海道の根室から出てきたと言う。

「どうして北海道へ。根室と言やあ、ずいぶんと端だろう」

「俺の生家があるのさ」

そんなことを聞くのは初めてのことだった。

Sは私よりたしか三、四歳上だった。

「孫が競馬の騎手になりたいって言うんでな」

「孫？」

「そうだ孫だ。三人いる。真ん中の孫よ。そっちはいないのか」

「俺？　ああいるよ。いるがまだ顔を見たことがない」

「嘘だろう」

「面目ないと言うのか、こういう時は。もうすぐ一歳になる。ところでその孫は何歳なんだ」

「十三歳だ。中学の二年だ」

「妙なもんだな。二人して競馬のノミ屋も手伝ってたことがあるのに孫が騎手か」

「ハッハハ」

「家族は元気なのか」

「女房が今春死んだ」

「そうか、大変だったナ」

「ああ少しナ。そっちも以前、先妻を亡くしたんだってナ。△△に聞いたよ」

「まあ人は死ぬナ」

「そうだな……」

バーに一軒寄って有楽町の駅で別れた。

別れ際にSが笑って言った。

「この頃、ハマにいた時分のことを時々思い出すんだ。なかなかのもんだったナ」

「ああ、たしかになかなかだった。上京したらまた連絡してくれ」

「いやもう上京はしない」

「そうか……」

数日後、Sのことを思い出し、孫の名前を聞くのを忘れたと思った。

どこかで騎乗するようになれば、初戦くらいは祝儀馬券を買ってやるべきだろうと思った。

それからしばらくしてSが私に逢いに来たのは何かのふんぎりをつけるためではないかと考えはじめた。

それがなんなのかはわからぬが、私をそのことの踏み台やら彼をうつす鏡に使ってくれたのなら嬉しい気がした。

やはり男と男の方が生き死にに対して礼節があるのだろう。

# 話半分でっせ

ギャンブルで難しいことのひとつに勝った後の処し方がある。負けた時というのは皆同じような表情、態度となる。これはギャンブルというものがほとんど負ける方が多いからで、いわゆる慣れっこになっているのである。

意外と難しいのが勝った時の態度、身の処し方だ。

これはどの程度勝ったかということも関係するが、大勝とまでいかなくとも、当人の気分が昂揚するくらいは勝てたとする。

大勢の人たち、他人がいる中で大声を出し、手を上げて、

「勝った！」

と叫ぶ人はそういないはずだ。

四十数年前、私の故郷の防府競輪場で七十五万円前後の大穴車券が飛び出し、

掲示板に決定の車券が表示され配当金がアナウンスされた途端、一人の男が両手を上げて叫んだらしい。

「勝ったぞ。取ったぞ」

周りにいた男たちが、その男を一斉に見た。

嬉しそう、いや興奮状態で顔を赤くしている男を皆羨ましそうに眺めていた。

ところが最終レースが終った時、その男の姿が消えていた。

噂では男は競輪場の裏手にある山の中に連れ去られたそうだ。

それはそうだ。車券を的中させるより的中車券を持っている者を取りこむ方が簡単に決っている。

この逸話でもわかるように鉄火場やギャンブル場で勝った時に他人の目も気にせず喜んだり、声を上げたりするのは愚行なのである。

しかし人間が勝った瞬間になんらかの反応をしてしまうのはごく自然なことである。それでもなるたけ勝った気配は抑えた方がいい。

さて現金を懐に入れてギャンブル場を離れた後である。

同行者がいた場合は、その夜の食事か酒場をご馳走する。これは当り前だろう。ご祝儀を渡す人もあるが、少額ならいいが、必要以上の金を渡すのは相手に失礼になる。

いくらでも欲しがる輩もいるが、そういう人間とつき合うのはよした方がいい。

勝ったのが旅打ちの出っ張った先ではなく普段自分の遊んでいる土地で、食事の後で少し飲みに行ったとする。

そこで遊び友だちやギャンブル仲間にばったり逢ったらどうするか。

「よう今日の成績はどうだった?」

そんなふうに声をかけられたらどうするか。

私はこういうふうに答える。

「まあまあだ」

すると相手は訊く。

「まあまあ、か、そりゃ良かった。それでどのくらいのまあまあだい?」

「たいしたまあまあじゃないさ」

「一杯ゴチになっていいかね」

「ああかまわんよ」

「美味しいな。もう一杯？」

「そこまで勝ってるわけがないだろう」

これがいくら勝ったんだという話になったら正直に言うのは愚かなことである。

金額の三分の一か、言っても半分にしておくのが常識である。

これを〝話半分〟と言う。

そういえば、先日、よく行く六本木のバーに深夜になって漫画家の黒鉄ヒロシさんが綺麗どころと入ってこられた。

上機嫌だった。

「やあ伊集院、ひさしぶり」

挨拶して下さった黒鉄さんの背後にいた局アナの男が言った。

「黒鉄さん、馬券的中！　ジャパンカップ、×××万円」

それを聞いて皆が黒鉄さんを見た。黒鉄さんは照れたような顔をしていた。

局アナが金額を連発するから、すかさずそばにいた長友啓典氏が大声で言った。

「そりゃ話半分ちゃうか」

「いや本当に×××万円ですって」

「だから本当は××××万円なんだって」

「えっ?」

「話半分やて、もっと儲けてるはずやて」

局アナは首をかしげていた。こういうのを粋な会話と言う。

途中、レースを取り込んで金がかなりプラスになっていてもギャンブル場では決して金を回すことをしないことだ。これはかなり大事なことである。

私はこれを或る女性に教わった。

北フランスのドーヴィルにあるカジノでのことだ。

その女性は私の後輩の奥さんなのだが、たまたま休暇が取れて、彼女もカジノに同行した。

もう一人、私の遊び友だちの男がいて、その男がへこみっ放しだった。

後輩の奥さんは私の隣りで私が賭けるのを見ていた。私は少し好調だった。私は友人を見た。

「あいつかなりやられてるな。少し回してやろうか」

「何を言うてんですか。そんなもん今、ツキのないあの人にタマを回したら、こっちのツキまでおかしゅうなりますよ」

「そうかな……」

「そうに決ってますがな。ここは博打場ですよ」

私は彼女の顔を見返した。

——この子感心な子やな……。

その夜、私は寝る前に、これまでその遊び友だちの男と何度かカジノに来て、彼がへこんでいると金を回していたが、その時は最後に決って二人とも負けていたのを思い出した。

何十年もギャンブルをやってきて、歳下の女の子から肝心なことを教わるものだと妙に感心したのを覚えている。

こうしてわかったようなことを書いたが、銀座の或る通りにこんな伝説がある。

〝競輪に勝った伊集院がすれ違う人に皆祝儀を渡し、ほんの五十メートルで×百万円ばらまいたそうだ〟

勝ったら酒は控え目に。

# また同じくり返しだ

いやはや人は同じことをくり返す生きものである。

三月にパリに来た時もカジノでなんの理由もなく熱くなり、気付いた時は何ヶ月先までの給料を前借り状態になっていた。

今回はパリではなく、北フランスのドーヴィルだったが、前回のパリよりひどかった。

或る雑誌の取材を急に頼まれて、ヨーロッパのカジノ事情について取材することになった。

一日前に北フランスのドーヴィルの街に入った。

ここに私の好きな魚料理の美味い小店があり、そこで必要以上に酒を飲んだのがいけなかった。

——ちょっと遊ぶか……。

亡くなった植木等さんの歌ではないが、ちょっと一杯のつもりで飲んで……である。

気が付いた時は何ヶ月分ではなく、一年分近いマイナスになっていた。

――これじゃ日本に帰ったらひどく叱られるぞ。

いまさら誰に叱られるのかはよくわからないが、ともかく阿呆みたいな状況になっていた。

方法はふたつしかない。

このままフランスに残って新しい人生をはじめるか……。

それとももうひと勝負してひさしぶりに狂ってしまうか。

私の背後でコーディネーターとカメラマンが青い顔をしていたらしい（らしいと書いたのは彼等が私を待ってカジノに三時間も居たなんてちっとも知らなかったからだ）。

彼等曰《いわ》く、私は、

「舐めやがって……」

と日本語で言って立ち上がり、

「俺が帰るまで回すんじゃないぞ」
とフランス語らしき言語を吐いて両替所に行き、戻ってきたそうだ。
——それでどうなったかって？
両替したタマがたちまち底をつきはじめた。
さてどうしたものか、なんて考えはしなかった。
張った網をじっと待ち続けた。
あと二回のシュートでタマが終る所でコツンと当りがきた。
そのコツンで入ってきたチップをそのまま張って網を二重にした。
次のシュートも、コツンと小当りだが、張ったチップの倍は戻ってきている。
さらに網を三重にする。
コ、コツン。中当りである。
今度は五倍近くのチップが戻ってきた。
そこで一回張りを下げた。
そうして二回は休んだ。
ディーラーが私の顔を見る。

二回目に私の網の中当りがきて、背後でカメラマンが舌打ちしているのが聞こえた。

すでにそのテーブルの中心に私はいた。

「いいから回せ」

——カジノで舌打ちなんかするんじゃないよ。
三回目の前に、私はディーラーにそれまでの張りの五倍のチップを渡し、網を
絞った張り方を指示した。
ディーラーは大声でそれをもう一人のディーラーに告げる。
チップがすべて張られたのを確認して、
「これでいいか」
と訊くディーラーにふたつの数字を告げて言った。
「リミットまで張ってくれ」
テーブルの周囲に他の客たちが集まってきたらしい。
そんなものは目に入らなかった。
ルーレットが回り、シュートした球が盤の溝を滑る音がした。

「32」

ディーラーの声が響いた。

テーブルの周囲から声がしたらしい。それも聞こえなかった。

これでほぼ負け分が戻った。

そのまま張り分を同額にして次のシュート。中当りで張り分の倍が戻る。

次が外れて、二回小当りが続き、私は立ち上がった。

「終りだ」

両替すると手元にわずかにプラスになったチップが残った。

インバネスにはカジノはない。

この取材が終って、グラスゴーの街まで行けばあるが、やさぐれたようなカジノである。

今、原稿を書きながら、一週間前のカジノのことを思い出しているのだが、あれが疲れただけなのか、それなりに楽しんだのか、わけがわからない。

――それでも負けなかったのだからいいじゃないか。

そういう発想でギャンブルがいいものかどうか私にはわからない。

インバネスに滞在しているのはスコットランドで一番北にあるゴルフコースの取材のためだ。

今はコース一面にゴースの黄色の花が咲いていて、吐息が零れるほど美しい。

翌日、インバネスからグラスゴーまで移動した。インバネスより南のグラスゴーの方が寒い。奇妙なものである。

へんてこりんな日本レストランで酒を飲んでいると、松井秀喜選手が日米通算で二千本安打を達成したニュースが入った。日米通算というのがよくわからないが、よく頑張ったということなのだろう。私なんか日仏通算二千万円の敗北じゃすまないんだが、ジャケットなんか着せてはくれない。

翌日、アイラ島に行く。

シングルモルトウイスキーが美味い島である。やはりシングルはいいね。味わいがある。どうして所帯なんぞ持ったのだろうか。

# 五十円両替してくれる？

今、電話で実況放送を聞きながら西武園競輪の記念、最終日を打っているのだが、実況放送をしているアナウンサーが、まったくレースの内容をアナウンスできていない。

ただ興奮しているだけで打鐘の並びを実況しない。

何がどうなってるやらさっぱりわからない。

――よくこんなアナウンサーを使ってるな。

聞けば大宮、西武園はこのアナウンサーらしいが、これはテレビの実況用のアナウンスである。

それもギャンブルがまったくわかっていない人間だ。

こういう絶叫型を好む人もいるだろうが、電話でも実況しているのだから、せめて電話だけでも他のアナウンサーにかえるべきだろう。

おまけに一緒にレースの解説をしている解説者が何か質問される度にこう答える。

「そうだね」

「そうだね」

――オイオイ、友だちに話してるんじゃないんだから。

アナウンサーと解説者で話がしたいのなら、控え室で話しなさい。

いったい何億の金をファンが賭けていると思ってんだ。

――こういうアマチュアみたいなことをまだやってるのか。

それで売上げが悪いなどと言う方がおかしい。

ギャンブルは遊びである。

遊びであるが賭けられているのはまぎれもなく金である。

実況放送もスロービデオを見て一、二、三着の様子をしっかりと説明しなくては、次のレースの賭け金に影響するだろう。

プロとして金を貰って仕事をしているのなら、それだけのことはするべきじゃないのか。

西武園も同じ実況放送をくり返しやるような楽をするんじゃない。オッズを少しでも言えば、それで賭ける金は増えるんだから。

――もう少し努力をする気はないのかね。

関東の各スポーツ紙に言いたいのだが、レース結果は二連単と三連単だけを放送する局番案内だけにしてくれないか。

枠複なんて車券を買うファンがどこにいるんだ。その案内の電話番号も統一できないのかね。

わざわざ競輪場の21＃なんてのがあるんだから最後の三桁は〇二一とかにすれば済むことじゃないのか。

――まったく何を考えてんだか。やる気がないよな。

そういえば、先日、銀行でまた不愉快なことがあった。

競輪の口座に少し振込みをしようと銀行に出かけた。

そこで自分のカードの暗証番号を忘れてしまっていたので、家人に聞こうと思い、銀行の窓口に行き、

「電話を貸してくれる？」

と訊くと、

「電話はお貸ししてません」

と素っ気なく言われた。

「そう、じゃ公衆電話はどこにあるの？」

「表です」

「どうしてこの中にないの。昔はあったでしょう」

「……」

返答しない。

「君たちサービス業でしょうが」

そう言ってからズボンのポケットを探ると五十円玉がひとつあるだけだった。

「すんません、五十円を両替してくれますか？」

「ここでは両替してません」

「えっ、銀行で両替してないの？」

「いいえ、両替は二階の窓口です」

──早くそれを言えよ。

二階に上がって窓口に行き、

「五十円を両替して下さい」

と申し出ると女子行員が言った。

「書類に記入して下さい」

「えっ、五十円の両替だよ」

「規則ですから」

「誰の規則なんだ、それは」

私が声を荒げると、

「ともかく記入して下さい。お名前と電話番号を」

ときた。

「五十円を両替すんのになぜ私の個人情報まで教えなくちゃならんのだ」

「じゃ結構です」

その時、窓口のソファーで待っていた客が一斉にこちらを見た。

「君たち悪いけどジロジロ見るのをやめてくれんか」

私が言うと全員が目を逸らした。すぐに下から守衛が上がってきた。
――オイオイ、私は強盗か……。
両替して外に出ると、今度は公衆電話が故障中だった。
怒りが頭の先まできた。
――そうか、こうやって銀行強盗をはじめたりするんだ……。
結局、何もせずにホテルに戻った。
それにしても五十円の両替に立派な書類を使うのは無駄以外のなにものでもない。
銀行って、またおかしくなるんだろう。

# キリがいいってなんだ？

スペイン、バルセロナのカジノは実際に遊んでみると予想していたより面白い賭場だった。

ヨーロッパに限らずカジノのレベルはディーラーと客の様子を見ればすぐにわかる。

ディーラーがどの程度教育されているか。客がどのくらいギャンブルがわかっているか。これが基準だろう。

旅がスペインからフランスに移り、フランスの北にあるノルマンディー地方のドーヴィルの街でも少しカジノをやった。

こちらは遊びに行く度に歓待してくれるのでついつい張りが大きくなる。だからマイナスも大きいが逆にプラスになれば気分もいい旅を楽しめたことになる。

ヨーロッパの主な国の通貨がユーロになってから何年になるのか覚えていない

が、フランスでカジノ遊びをしている時、まだフランの感覚が消えず盤上のチップの数字だけを見ているとフランと勘違いして大金を平気で張っていることがある。

今回の旅は家人が一緒だったのでカジノも隣りに家人が居た。

——それはいいことか悪いことか？

良くないに決っている。

こういう時は見物気分で遊ぶしかない。

「あなた、今、丁度、キリがいいので、この五千ユーロ換金します」

「あっ、そう」

——いったいなんのキリなんだ？

「あなた、約束の時間の半分が過ぎたので、この一万ユーロのチップ、ハンドバッグに入れさせて貰いますから」

「あっ、そう」

——なんの約束の時間だっけ？

家人はまったく外貨のレートがわからないのでカジノを出てから、

「よくまあ毎回こんなことやってましたね」

なんて宣《のたま》って、まるで悪いことをしていたみたいに言われる。

それでいて現金は家人の買い物にまわされるのだから……。

――まあいいか、こちらは遊ぶことができればそれでいいのだから。小銭持ってたって邪魔になるだけだし……ってか。

今回の旅ではポーランドにも出かけた。

ポーランドは二度目だが、二十数年前とはずいぶんとかわっていた。

一度目はレストランに行ってもまともな食事が出なかった。

今回は宿泊したのもアメリカ系の大手のホテルだったし、空港に出むかえてくれたコーディネーターも若い人で、ポーランドの事情がまるで違ってきたのを実感した。

空港からクラクフの街にむかった。

私は隣りに家人が居るのを忘れてコーディネーターに訊いた。

「それでポーランドの女性ってのはどうなの？」

「はい、美しいですよ。ただし気は強いです。その証拠にポーランドは東欧で一番離婚率が高いんです」

——こいつ何を話してるんだ？

あとでわかったんだが、旅に同行してくれた編集者のK君の話では、そのコーディネーターはポーランド女性と一度結婚し、離婚して今は日本女性と家庭を持っているらしい。

「クラクフってどんな街なの？」

「まあポーランドの京都ってところでしょうか？」

——ポーランドの京都ってなんだ？

「てことは芸妓さんがいるのか」

「芸妓ってなんですか」

「芸者さんですよ」

「芸者はいません」

「あっ、そう」

家人が隣りから私の足を蹴った。

——痛ぇ〜〜〜。

まともなポーランド料理というのを初めて食べた。

——どんな料理かって？

ポーランド人が食べてる料理ですよ。違うか、ポーランド人が食べればイタリア料理がポーランド料理になるわけないものナ。

この原稿、日本に到着した夜中に書いている。時差の関係で夜中にまた目が覚めてしまう。モーロー。

——え～っと、なんの話だっけ？

そうそうポーランド料理ね。牛肉、豚肉、鶏肉を煮込んだり、ソーセージにしたり、ピロシキにしたりするんだナ。

「どうです、味の方は？」

コーディネーター君が訊く。

「美味しいよ。腹が空《す》いてるから」

ビールは美味かった。ウォッカもなかなかだった。

ポーランドに出かけた理由は、ひとつは或る絵画を鑑賞したかったからだ。

『白貂を抱く貴婦人』ってタイトルの作品で五百年位前にレオナルド・ダ・ヴィンチが描いたものだ。

ルーブル美術館にある『モナ・リザ』と並ぶほどの名画と言われる。

これは本物はかなりのものだった。

もうひとつの理由はクラクフから一時間車で走った場所にある第二次大戦でナチスが建てた収容所を見学することだった。

こちらは家人の希望だったので皆をつき合わせてしまった。

私個人の感想では見物して良かったが、同行した若者たちはどうだったんだろうか。

人間は狂うと何をしでかすかわからない生きものである。

# 現金《タマ》持って集合せよ

私は生まれてこのかた世間話というものをしたことがないように思う。どうしてそんなことを思ったかと言うと、今、仙台駅の中にあるコーヒーショップで茶を飲んでいるのだが、私の座ったテーブルのむかいに若いサラリーマン風の男が三人いて、その話し声が聞こえたからだ。

「やっぱ今はブラウンがいいよね。何回剃っても剃り心地がかわらないものな」

「へぇ～そうなんだ。刃も替えればまた元の剃り味だものね」

「いや、替え刃は五千円かかるから新品でも一万円ちょいだもの。買い替えた方がいいよ」

彼等は真剣な顔で髯《ひげ》剃りの話をしていたのである。

歳の頃なら二十歳代の後半か……。

そろそろ夕刻になろうかという忙しい時に男たちは駅中の店で髯剃りの話をし

ているのだ。

――おまえたち、もうすぐ十二月だろう。男三人が集まって髯剃りの話をしてどうするんだ。今年はどうも年を越せそうにないとか、親戚がどうも心中しそうだとか……、きちんとした話題があるだろう。

私はガキの頃、大人になったら世間話のひとつもしなくてはいけないのだろうと思っていた。

あの頃、私の住んでいる町では大人たちが縁台将棋を囲みながら、銭湯の脱衣場の椅子で休みつつ、立呑みの酒場の外でグラス片手にしゃがみこんで、大人の話をしていた。

大人の話だから断片的にしか理解できなかったが、それでも何か建設的というか、理知的というか、深味のある話だった気がする。

「この間、電線盗みに行って感電死した男やが、春先に大きな車券を当てよった男らしいな」

「そうか、なら良かったやないか。ええ時もあったんやから……」

「まったくや。人生は行って来いやのう」

「行って来いと違うて、人生は来てから最後にどこぞに行くんちゃうのんか」

「たしかにそうやのう。この世に来てからあの世に行くわのう。おまえ学がある
のう」

「わし学校を出とるから」

「ほんまか？」

「ああ十日程しか行けへんかったけどな」

「そりゃ十日でも行ったらたいしたもんやで。学があるいうのは強いわのう」

「けど時にはその学が邪魔する時もあるんや」

「そういうもんか。世間はいろいろやのう」

まあこういう感じだった。

今ならさしずめこうか。

「なんとかシップでダイワメジャーが勝ちよったのう」

「おう、強かったのう」

「ハットトリックはまるっきりやったな」

「トリックがきかんかったと違うか」

「おう、あれはトリック使うて走ってきたんかい」

「ハットがつくから帽子のトリックか……。ハトとか出しよったんかい？」

「タマゴちゃうか」

「馬はタマゴをうまんやろう」

「そうやな。おまえ詳しいの」

「田舎で馬を飼っとったからの」

「おまえ馬主やったんか」

「まあ馬主言うたらそうやけど農耕馬やさかいな」

「農耕馬でも馬主は馬主やないか」

「そう言われると恥ずかしいわ」

「その恥ずかしがるところがおまえのええところや。おまえは謙虚やで」

「えっ、検挙って怖いがな。あの件やろか、それともこないだの件やろうか」

「何か悪いことしたんかいな」

「少しやけど……」

「少しならええがな。人間生きていくいうことはどこかで他人に迷惑をかけるもんや。善行だけで生きてはいけん。皆一緒や」

「あんたも悪いことしたんか？」

「まあな。今朝、息子と娘の給食代くすねて競輪に行ってもうた」

「そりゃあかんがな。悪党やで」

「その金を十倍にして息子にグローブ、娘に洋服買うたろう思うたんや」

「そりゃええこっちゃ。善人やな」

「ディープインパクトは引退するらしいの」

「ほんまにもったいないこっちゃ、もういっぺん凱旋門賞を走らせてやればええのにな」

「同じ馬主としてそう思うのか？」

「そりゃ思うわ。人間、金よりロマンでしょう」

「ええこと言うな。そのとおりや。金で買えるもんなぞ高が知れとる」

「しかしたくさん金があったら何が買えるんやろうか？」

「持ったことないさかいのう」

「アメリカ買えるんちゃうんか」

「おう、アメリカか。買うたらすぐに戦争をやめさせたる」

「おまえ、大統領むきやのう」

一人前の大人同士の話には深味があった。

# 何やら春から……

フランスに取材で出かけて、昼間は撮影、夜は原稿でくたくたになってしまった。

ほとんど眠る時間がなかった。

最後の夜にパリ郊外にあるカジノへ行った。

その日も夜中の一時から仕事をしていたので徹夜同然で頭がふらふらなままカジノに入った。

アンギャンという場所にあるカジノだ。

着いてみて驚いた。

まるで建物がかわっていた。

以前はヨーロッパによくある古い洋館建てだったが、いつのまにか入口もガラス張りで、前はなかった二階部分がショーを催すスペースになっていた。

同伴の編集者は運動靴なのでテーブルゲームをやる奥の方には入れて貰えなかった。仕方なしに一人で遊ぶことにした。

まだ時刻は八時前だったので客はまばらだったが、ルーレットの台は盛況だった。

ミニマム（最低の賭け単位）が五ユーロと十ユーロの台である。

さらに奥にミニマムが百ユーロの台もあるが、こちらには客がいない。二十枚単位でチップを積んでよこすから、一発嵌れば一千万円が手元に入るレートである。

いくら景気がいいと言っても、その台でガンガン張れる懐具合の客は今はそういない。

三十年前はそういう輩がうようよいた。

石油利権を持つアラブの連中、アフリカの鉱山の利権を手に入れた連中、それにこれはどこにでもいるがチャイニーズのギャンブル狂。

その連中に混じって目をぎらつかせていた頃が懐かしい。

十ユーロの場所に立った。連れを待たせているので、そう長くはできない。しばらく様子を見ていた。

頃合いを見て張った。

29が出た。7の両隣りが28と29なので少し抑えておいた。

賭けたチップの倍近くが戻る。戻ったチップをそのまま張った。

次が30だ。これは狙ったゾーンの中で三番目に多く張っていた数字なので三千
ユーロ近くが入ってきた。

——よしここで押そう。

と0を中心にしたゾーンを攻めてみた。

ルーレットが回り出し、チップを追加するようにディーラーに告げた。

「0に限度一杯まで」

「もう限度です」

「じゃ0と1、0と2。0と3に」

チップを前に出した。

「わかった」

ルーレットが止まり、出た数字は1だった。

危うく抜かれて総負けになる所だった。1に引っかかっていたのはその台の客で私一人だった。

張った金の半分近くを戻せた。

出目が散ったこの後が難しいのだが、私は止めなかった。

次も同じように押し出した。また0近辺を狙うが、真逆の8周辺も厚目に張った。

ルーレットが回り出した。
0、26、3、32、8、23、30が狙った数字だ。
軽やかな音を立てて、8が出た。

これは本命に近い。

「良かったな」

隣りでよく張っていたイタリア系の若者が言った。

「ありがとう」

五千ユーロと三千ユーロの札チップが手元にきた。張り用に戻ってくるチップと合わせると一万ユーロの上がりである。

その台の客はイタリア系の男以外、皆、私と同年齢か年上のステディーに賭ける人たちなので、突然あらわれた運のいい東洋人を、

――なんじゃ、こいつは。

という顔で見ている。

しかし嫉妬したり、敵対心は持たない。彼等にとっても多く張る客が同じ台にいるのは遊び易くなる。

大半は、頑張れよ、という顔をしてくれる。

この後が難しい。

8の四方の囲みにチップを足し、4の角の囲みにもチップを足して、8を中心にチップは前回の四分の一程にして張りを終える。

「もういいか？」

ディーラーが訊く。

こうなると自分が台の中心になれる。ここからどう打てるかである。

さらに8を入れたのは連続することがルーレットには多いからだ。これでもう一度8が出れば、次は三万から四万ユーロにはなる。

それで入ればさらに足すが、それにはカジノ側の許可が必要になる。

36が出た。

8のゾーンだが、そこまでゾーンをひろげていない。

ほんのみっつずれれば8である。

これがルーレットだ。

9、19、21が出て、数字が散っていく。少しずつ後退する。
——こんなところか、今夜は……。

それでも最後のトライをどこでするかを待った。

もう一人か二人同じように賭ける客がいたら面白いが、そういかないのが今のヨーロッパのカジノだ。

——ここら辺りか。

とまず0を中心に広いゾーンで張っていく。

2が出た。中途半端な目だ。

——ヨオーッシ。

とそれまでで一番多く0を狙う。

ディーラーは私がそう出るのはわかっていたから平然としている。ルーレットが回る。

0にむかってボールが跳ねた。しかしわずかにずれて15が出た。

「惜しい」

他の客が声を出した。

それでも15に限度額は張ってある。

「皆、金に交換してくれ」

正月早々まあまあの上がりだ。

バーに行き、スコッチを二杯飲み干して編集者のところに行った。

「どうでしたか」

「うん、ぼちぼちかな」

帰りの車の中で眠りこけてしまったらしい。疲れていたのも良かったかもしれない。

「わしはもう死ぬ。何も喰わん」


今回の旅はカジノに行けたのでまあまあの旅だった。

最初はフランスのアンギャンに出っ張った。

折り良く日本から遊びに来ていた連れがあった。

若い夫婦だが、ルーレット好きでオーストラリアまで出かけてよくやるらしい。

この夜、またギャンブルの教訓を思い出した。

「伊集院さん、ひとつ本物のルーレットを教えて下さい」

「いや、いや、私などほんの駆け出しですから……」

そう言いつつも、私の胸のどこかに若い後輩に対していいところを見せてやろうという気持ちがあったのだろう。

あらかじめ決めていた予算をテーブルに着いて十分もしないうちにやられてし

まった。

——さてどうするか。

若い夫婦も何やら手持ち無沙汰にしていた。

「君たち遊ばないの？」

「私たちはもうとっくにスッテンテンです。伊集院さんはそろそろ打たれるんでしょう」

——いやもう終ってまして……。

この夫婦は私があっと言う間に負けたところを見ていないんだ。

「伊集院さんのルーレットをぜひ見学させて貰いたいです」

——あのね。それって一番危険なパターンなのよね。ギャンブルは他人にいいところを見せようとしたら必ずやられます。

「伊集院さん、あのテーブル見て下さいよ。あの中国人、若いクセに態度でっかいでしょう。けど結構、勝ってるんですよ。変な張り方なんですけどね」

そう言われて見てみると、若い中国人が大きな態度でルーレットテーブルの前にいた。

「でもなかなかいい男ですね」

奥さんが言う。

——コラコラ何考えてんだ？

その若者、胸のポケットに赤板、白板を何枚か持って、時々、それを見せびらかすようにしている。

八桁（日本円で）は上がっているのだろう。

ゾーンを張るわけでもなく何か彼なりの法則があるのだろう。

それでも一回に四十万から五十万円を張る。賭け金も限度を越えない。
一、二回外れても、三、四回目が入るか、さわるので大負けはない。
上手いやり方だ。

「なんやろな。あれで入りよる」

主人の方が首をかしげている。

私は少し冷静になってカジノ全体を見渡した。

遊んでいるのは何やら貧乏人ばかりである。

——こんなとこで人のギャンブル見てくすぶっててもしゃあないいんと違うのん

か？　すでに二ヶ月分の給料負けてんのが、どないしたと言うのんや。海外まで働きに来させられて少しギャンブルがコゲたからって若造の賭けるのを指くわえて見とることはないやろう。

私は真っ直ぐキャッシングの受付にむかった。

「伊集院さん、いよいよはじめるんですね」

彼等の言葉も耳に入ってない。

――ヨオッシ、来い。

しかしすぐに負けた。

もう一度キャッシュの受付へ。

――サァー、来い。

これもあっという間に消えた。

仕方がない。一気に金額を上げよう。ちまちましててもはじまらない。

キャッシュの受付に行き、金額を言う。グッドラック。

そこで私は少し冷静になり、賭けるのを待った。

――何をあせっとるんだ。カジノは逃げやしない。

これまでの出目をじっと見た。

偏りは勿論あるが、私が狙う数字は入っていない。そこで私は自分の羅針盤の針を少しずらすことにした。

三つずらしてタイミングを計り、一気に張った。

うしろで夫婦の歓声がした。

一気にマイナス分が取り戻せた。

――ヤレヤレ……。


カジノが終った夜、そのまま徹夜で飛行機に乗った。

パリからバルセロナに移動した。

今回の旅では二度目のスペインだ。

前回は北スペインへ。今回は地中海沿いの港町だ。

四月に出版される美術館を巡る旅の本のプロモーションとしてテレビの番組に出ることになった。

年に一度はバルセロナに行くようにしている。

この街には友人がいるからだ。

私よりひとつ歳下だが、ほとんど同い歳で相手の方が苦労している。

そのMが空港に迎えに来てくれていて、少し元気がなかった。

その夜、二人で酒を飲むと、先日Mの母上が心臓麻痺で急死したという。

「オフクロさんは何歳だったんだ」

「七十八歳だった」

――私の母とそんなにかわらない。

Mの父は七、八年前に、突然、食事することを拒否して、そのまま三ヶ月後に亡くなった。

「わしはもう死ぬ。何も喰わん」

そう言ったきりだったらしい。

Mは母に呼ばれて説得したが父は何も言わない。

「オヤジがしたいようにさせろ」

泣く母にそう言ったという。

その母が亡くなったのだから、家を出て、海外で暮し、したい放題していたM

には辛い死であったに違いない。

「いや少しこたえたよ」

私はMの話を聞きながら酒をつき合った。

いつの間にか二人ともそういう歳である。

あと十年して下の娘が学校を卒業したら自由に生きたいと言った。

――もう十分、自由に生きてるんじゃないのか。

母親は子供に惜しみなく愛情を注ぐ。

子供は最初それに気付かない。

# あっ、トンネルだ

バルセロナの最後の夜、一人でホテルの隣りにあるカジノを覗いた。

さほど打つつもりはなく、手持ちの金も少な目で入った。

入場料は、去年、来ていたので無料だった。登録がしてあればタダということなのだろう。

金曜日の夜ということもあり、なかなかの盛況振りだった。

去年の五月に来て、珍しく家人を連れてルーレットをやった。

女連れでカジノに入ること自体が小遊びのムードだった。それでもカジノの中の熱気に少し驚かされた。

レートもまあまあで三十分余り遊んでチャラになったところで、

「もう帰りましょう」

と言われた。

自分では三十分しかいないつもりがすでに一時間が過ぎていたらしい。

ギャンブルをしていると時間が経つのが本当に早い。

私は常々、何か哀しい目にあって早く時間が過ぎて欲しい人は金に余裕さえあればギャンブルをすることをすすめる。すぐに一年位は過ぎてしまう。

もっともそのやり方をして、私は×億円すってしまったのだが。

その夜のカジノは出たり入ったりのもみ合いが続き、少し勝ったところでバーに行った。

珍しく禁煙のカジノで、よくまあ煙草を吸わないでギャンブルができるものだと感心していたら、何やら奥の方から煙りが上がっていた。

グラスを手に奥へ行くと、ガラス張りのむこうは煙草がＯＫらしい。

――なんだよ。

別に煙草が吸えることで勢いがついたわけではないが、じっくり座って打った。するとまるっきり外れが続き、たちまち手持ちの金がなくなった。

――そういうことか。

夜の二時に引き揚げた。

翌朝、早くから〝四匹の猫〟で撮影して、午後にホテルをチェックアウトし、飛行場に行ってパリにむかった。

これから十八時間余り煙草を吸うことができない。

吸わなければ吸わないで問題はないのだが、パリで五時間待ちが耐えられるか。

連日の撮影の疲れもあり、パリまでは珍しく眠ってしまった。パリのシャルル・ド・ゴール空港で、これから五時間と思うと煙草が吸いたくなった。

飛行機会社の案内の男に頼み込んで外に出して貰った。暖かったパリが珍しく氷雨だ。寒い中を一人で煙草を吸っていたら何やらわびしくなってきた。

普段の旅はこんな強行スケジュールで飛行機に乗らないのだが、十九日までに戻れば二十日からはじまる平塚ダービーに間に合う。

それで我慢して十八時間を辛抱することにした。夜に日本に着いた。

初日は競輪を見ずに、時差解消のためにゴルフに出かけた。

メンバー表を持ってのラウンドはいささか気が引けたが、ゴルフコースの日と鼻の先の平塚でレースをやっているかと思うと何やら気分も浮かれてしまう。

この日は見得買いで死に目だけを追ってみた。帰国した夜、私の友人で週刊誌連載でコンビを組んでいる西原画伯のご主人である鴨志田穣さんが亡くなっていた。

よく酒を飲んで小説の話をしていたからショックだった。

翌日、通夜に行く。

西原さんには声のかけようもなく、焼香して引き返した。

そのままホテルに戻り、仙台にむかった。

翌三日目は朝からテレビの前に座ってレースを観戦した。

時差がひどくて頭がぼんやりしている。

前半は見《ケン》にして後半から打つが、よく荒れる開催で当りのそばまでも届かず。

関西のスポーツ新聞の予想をして早々に寝てしまった。夜半、顔に何かが触れるので目を覚ますと、我が家の阿呆犬が私の顔に前脚を乗せ、顔をおさえつける恰好で鼻先を舐めていた。

「何すんだ?」

声を上げても尾を振るばかりである。何やら興奮している。

「こんな夜中にどうしたんだ。おまえ大丈夫か」

「ワン、ワン」

何が言いたいのか大声で吠えはじめた。

「静かにしろ。眠れないじゃないか」

「ワン、ワン、ワン」

――勝手にしろ。

蒲団に潜り込んだら、犬も一緒に入ってきた。

「おまえはホモか」

「ワン」

わけがわからなくなって、そのまま起きて仕事をはじめた。

結果的にはそれが正解で、二本の締切りがようやく終った。

――おまええらい子だね。

私は冷蔵庫を開けて、ミルクと肉を少しやった。

四日目は7レースまで打って上京した。

東北新幹線の中で電話で打ったが何しろトンネルが多くて、途中で何度も切断して車券が買えない。

五日目は朝からホテルに打ち合せの編集者が来て、競輪のことを言い出せず、前半戦が終った。

準優戦だけ打ったが、村上の逃げ残りだけが的中して、またチャラに戻る。

翌日は朝から大阪にむかう。

講演会がある。野球小説の文庫本が五冊同時に発売されたので、そのキャンペーン講演。

東海道新幹線で電投を打ちはじめたが、こちらも三島を過ぎるまでトンネルが多くて切断が続く。打つ度に、あっ、トンネルだ、と叫んでいた。

講演が終ったのが、二時半で、すぐにホテルの部屋に帰り、決勝戦だけ打とうとすると、まるっきりセンターに繋がらない。

——またかよ。

雷蔵に少し打って貰ったが、あれだけ落車があったんじゃ、競輪にならないだろう。

それにしても忙しい一週間だった。
こんなダービーは初めてだ。

# 誰と間違えられたんだ？

今しがた歯医者から戻ったのだが、ひさしぶりにラッシュ時の電車に乗った。いやおうなしに人の身体が触れてるというのはなかなか大変である。見ず知らずの女性の肘が私の脇腹のあたりにあるのだが何かの拍子にその肘がグイッと押される。

それが私の感覚では、

「ちょっと何知らん振りしてるのよ。私よ」

という感じの行為に思えた。

それで相手の顔を見たら、

「どうして私を見んのよ。嫌な男ね。私の肘に腹なんか押しつけないでくれる」

という表情なのである。

――これってなんなんだ……。

少し前に評判になった『それでもボクはやってない』という映画の主人公の気持ちがわかる気がした。映画は見ていないのだが……。

一週間前からサシ歯が外れて、それを瞬間接着剤でつけていた。つけては外れ、外れてはつけてをくり返していたのだが、とうとうどうしようもなくなり歯医者に連絡して貰うと、夕刻からなら応急処置をしてくれるというので電車で出かけた。

駅にむかって歩いていて気付いたのだが、私以外にコートを着てる人間が一人もいない。

いつの間にか世間では冬の名残りも消えていたのである。ここ数日、ずっと部屋で仕事を続けていたからまったく外の状況をわかっていなかった。

帰りの電車は逆方向だから空いていた。

真向かいに女性が二人乗っていて、一人の女性が私の顔を見てコクリと会釈した。

——誰だっけ？

すると相手が言った。

「今、お帰り？」

――今、お帰り？　誰だっけこの人？

「××さん、元気ですか？」

まったく知らない人の名前を言った。

――新手《あらて》の新興宗教の勧誘か？

「××さんさ……」

相手が言いかけた時、

「すみません。どちらさまですか」

と私が訊いた。

相手は、えっ？　って顔をして少し身を乗り出して私を見返し、あら大変！　って感じで、隣りの女の肩を叩いた。携帯電話を覗いていたメガネの女性に何事かを告げた。するとメガネの女性がじっと私を見て、首を横に振って、違う人よこの人、って感じの顔をして私に話しかけた女を見た。

話しかけた女性は急に立ち上がり、謝るでもなく隣りの車輛に二人で駆けて行き、むこうからこっちを見てケラケラ笑っていた。

私は半分呆気にとられ、半分、

——誰と間違えられたんだ？

と変な気がした。

そんなに似ていたのなら、その似ている人が善人だといいのだがと思った。

——オイオイ、それにしてもすみませんくらいは言っていけよ。

ＪＲＡの皐月賞の馬券をひさしぶりに買った。

今春、出版したヤクザが主役の、私の小説の主人公と同じ名前の馬がいて、穴人気になっていたからである。

タケミカヅチという日本神話に出てくる神の名前がつけられていた。

——神か……。主人公の姓が神崎だったから何か因縁があるのかもしれないナ。

レースの前々日の金曜日、この連載が六冊目の単行本になり、そのサイン会を西原画伯と銀座でやった。

銀座のサイン会の後は銀座で食事して、クラブ活動と決まっていたのだが、仕事があり、直帰。帰りは担当のS君に送って貰ったのだが、ついつい焼鳥屋に寄って、そこでS君と話をした。

「競馬が好きだったんだよね」

「ええ、ちっとも的中しませんが」

「この頃の競馬は荒れるからね。桜花賞はメチャクチャだったね」

「本当ですよね」

サイン会の前にS君から出走表を見せて貰っていた。外は雨だったから重馬場だね、なんて話をして、昔、ダービーだかオークスで重馬場でゾロ目が出て大穴になった話をしていた。

「ジュピック、ケイサンタって二頭でね。ゾロ目だったな」

「じゃ今回もゾロ目ですかね」

「そりゃ、わからないよ」

そんな会話をしたせいか、土曜日の朝、スポーツ新聞の競馬欄を珍しく丹念に見た。それで先述したタケミカヅチに目がむいた。

マイネルチャールズの弥生賞は見ていたから、この馬の強さは知っていた。武豊騎手のブラックシェルは重馬場ならこの馬体は大き過ぎる気がした。
①と⑨はなんとか出たが、あとがわからない。日曜日の朝、昔、競馬の予想をしていたサンケイスポーツを買いに行き、仲の良いK部長の予想を見るとキャプテントゥーレに本命がつけてある。K部長はかつてはバリバリの記者だった。混戦レースを的中させるのが得意だった。
話を聞こうとレース部に電話を入れると、まだ出社していなかった。

――①と⑥と⑨か……。まあ買ってみるか。

タクシーに乗って後楽園の場外に行くとえらい人の数だった。

直線に入ってもキャプテントゥーレはどんどん逃げている。早目にタケミカヅチが抜け出した。そこに4頭がえらい勢いで来た。でもゴール板の前の2、3着は①と⑨である。⑥は文句なしで勝っている。

「あれ、まあ……」

レースが終ってK部長にお礼の電話を入れた。

「ありがとうね」

「いやいや……」

こんなこともあるのだ。S君に少しご馳走するか。

# 作家の遊び方②

# 作家も歩けば勝馬に当るって？

ひさしぶりにひどい二日酔いになった。

十年前なら二日酔いは日常のことだったのだが、今回は目が覚めてもぜんぜん起き上がれない。

身体に力が入らない。

——これって何か病気になったんじゃないのか？

そう勘違いしてしまうほどグロッキーになっていた。

目覚めてから水ばかりを飲んだ。半日かかって大きなペットボトルなら二本分を飲んだろう。そうすると今度は身体の中がブヨブヨになった感じで、二日酔いの気持ち悪さとは違った気持ち悪さになった。

そういえば、昨夜、一緒に飲んでいたシンガーの山下達郎氏が、

「人は水は一升は飲めないけど、酒なら一升は飲めるんだナ」

と言っていたのを思い出し、

――これって水の飲み過ぎか。

と不安になった。

私の二日酔いの対策はともかく水分を摂ることとタンメンでもステーキでも食べて胃を目覚めさせて働かせるやり方である。

若い時はそれで良かったのかもしれないが、この年齢だと別の方法があるのかもしれない。

それに今はこのやり方は流行らないのかもしれないナ。しかし二日酔いの解消法に流行り廃りがあるのだろうか。

仕方がないのでベッドに横になったまま宇都宮記念競輪の最終日をぼんやりと見ていた。

1レースから10レースまで予想し、電話で打とうとすると、必ず、

『××レースは締切りました』

というテープの声が返ってきた。

――そうか次のレースは少し早目に打たなくちゃナ。

それで少し早目に打ってても同じテープの声が返ってくる。

——やはり二日酔いだと動きが鈍いんだナ。

そうしてとうとう最終11レースの決勝戦になった。

武田豊樹が奈良の全プロから復調気配なのでこの調子で神山を引っ張れば、神山の頭は固いだろうと、神山から手島、武田に合わせて車券を買うことにした。

小嶋の後位が濱口高と石川の後輩、北野武との競りなので小嶋もレースにならないと外した。岡部はいかにも有利だが、この選手の車券はよほどでないと買わないようにしてるので、点数も少なくてすんだ。

それで打ったら、また時間切れだった。

「いったいどうなってんだ？」

と時計を見たら、時計が五分遅れていた。

それで結論だが買おうとした車券が皆外れていたのには感心した。

——儲かりましたね、って。

そりゃ違うだろう。

宇都宮は岡部の優勝だった。岡部‐神山‐濱口で⑨③④の三連単は6万920

0円。

――なんだか妙な記念競輪だったナ。

それで四日市ナイター競輪の方を見はじめた。

時計を直したのでこちらは9レースを少し取って、優勝戦も少し取った。10レース、11レースも取り込めなくはなかったが点数が多くなるケースなので惜しいとこで外れた。

それで眠くなってまた横になってしまった。

目覚めると夜中の三時を過ぎていた。

――何か締切りあったんじゃなかったっけナ。

部屋のドアの下を見ると、本誌の担当のS君からFAXが入っていた。

〝リミットは明日の朝七時です〟

――そうかやっぱりナ。

それであわてて書きはじめたが何も書くことがない。

それにしてもどうしてあんなに飲んだんだろうか。

たしか夕刻、十年振りにレコーディングスタジオに行き、私が作詞した曲を竹内まりやさんが歌うのを聞いて、そこを途中で抜けて天ぷらを食べに行って、途中から山下、竹内夫妻が加わって飲んだんだよナ。その席じゃさして飲まなかった気がしたが、気が付いた時は六本木で朝になってたんだよナ。

——どこでどう飲んだのやら。

たしか竹内さんの仮歌の入ったテープをどこかの店で聞きながら、

——これが売れたらしばらく働かなくてすむのかナ。

なんて思ってるうちに酒量が過ぎたのかもしれない。

それにしても書き下ろしを上げなきゃなんない時に二日酔いで一日つぶして何をやってんだろうナ、このぐうたら作家は……。

テレビのスイッチを点けたら西原画伯がいきなり画面に出て話をしていたのにびっくりした。

色紙なんか書いて〝七転び八転び〟なんてやってた。

——画伯も相変わらずでんな。

そういえば、この連載の担当のS君とこの間も、焼鳥屋さんで出くわして飲んだんだけど、S君は本当に競馬が好きらしい。

──あれっ？　前の担当のK君も競馬狂じゃなかったっけ？

双葉社って会社は就職の面接の時に競馬の話しかしてないんと違うだろうか。

前担当のK君も、私の阿呆みたいな助言で馬券を的中させたことがあったのを思い出し、どうにかS君にも春が来るようにしたいと、このところ競馬をつとめて見るようにしてるのだが、なかなかこれという馬に当らない。まあ注意して見ておけば、そのうちナ。犬も歩けば棒に当るって言うしナ。

それにしても今の競馬はデータを言い過ぎてないか。自分の目で見つけないと競馬は取り込めないもんでしょう。記憶のギャンブルなんだから。

玉野に行くのも……


競輪祭をやっている小倉の街を目にしながら電車で素通りしたのは初めてのような気がした。

もっとも電車が通過したのは夜の十時過ぎである。

——ここで今降りて、競輪を打ったらさぞ顰蹙《ひんしゅく》を買うだろうナ。

それはそうだろう。

自分の父親が死んで、実家に駆けつけようとしている息子が、途中で競輪場の前を通って、そこで二日も遊んでたなんて話はあまり耳にしない。

仙台で競輪祭の二日目を見ている午後に実家にいる妹から家人に電話が入った。

「妹さんから父さんの容態が急変したって病院から連絡がありましたって」

「そうか……」

私はすぐに仙台から実家にむかう飛行機の便を調べた。

最終便ならどうにか今日中に家に着けることがわかった。

ほどなく電話が入り、今は心肺停止して蘇生《そせい》作業をしているという。

大男の父の身体の上に馬乗りになっている医師の姿を想像した。

声のうわずっている妹に言った。

「医者がどう言おうが、オフクロのやりたいように治療なり、蘇生作業をして貰うようにしなさい。他の者が見た目で判断しないように」

病院の院長に連絡して、その旨《むね》を伝えた。

午後四時に母親が納得して病院は処置をやめ、父の身体についていたさまざまなものをはずした。

その報告の電話を切ってぼんやりとテレビ画面を見ていた。

競輪祭のダイヤモンド賞の顔見せの周回をする山崎芳の姿が映っていた。

——今日ぐらいはまともに走れよ、山崎。

自分の父ではあるが、人の死にはかかわりないから白と黒で山崎の①と小嶋の②で一白と二黒を合わせた。

金も少しあったので普段より多目に打った。

結果は山崎はギリギリで捲り切り、好調だった平原とラインの手島慶が二、三着で①③⑨で入着した。

「あかんな……」

私が言うと、そばにいた家人が、

「どうしましたか？」

「ああなんでもない。オヤジの管を外したそうだ」

「そうですか」

飛行場に送ってくれる車が来るのに一時間余り時間があった。

締切りの原稿があった。

書きはじめると、いつものようには筆は進まない。

犬が昼寝に出かけていた近所の家から戻ってきて、私の仕事場に勢い良く飛び込んできた。

「おう戻ってきたか。今日はどんな夢を見とったかい？　おまえの夢の中に身体の大きなジイさんは出てこなんだか」

そう訊いても犬はただ嬉しがって尾を振るばかりである。

仙台から福岡にむかう飛行機は昨日から東北地方に吹き荒れた冬の嵐でよく揺れた。

身体を揺さぶられながら、

——どうして①③⑨だったんだろうか……。

と夕刻のダイヤモンド賞のことを考えた。

——待てよ。

私は父の名前を思い浮かべ、今年、九十一歳になるのを思い出した。

名前は三済《さんさい》で、年齢が九十一歳。三済は③③①で、九十一か……。

——そうか③①⑨か。

なんだ、そうか、ボックスでもいいから五万円ずつ流していればよかったのか。

同じ間違いを、本田のケンちゃんの時も、雷蔵のおやじさんが亡くなった時もした気がする。

——まったく何を学んでるんだ。

乗継ぎの電車はすべて最終電車だった。

通夜、葬儀が終り、翌日、家人を送りに福岡に行き、一泊した。

家人も大変だったので、以前から連れて行ってやろうと思っていた鮨屋に行った。

案の定、家人は喜んだ。

中洲のクラブに一軒寄り、ホテルに引き揚げた。

翌朝、ホテルで原稿を書き、家人を飛行場に送り、実家にむかった。

途中、東京に電話を入れると、

「週刊大衆が本日校了です」

と言われた。

——そうか、もう一週間が過ぎたのか……。

今週は小倉競輪祭のことを書くつもりでいた。それが二日間しか見ることができなかった。

それで福岡から実家に帰る道すがら書くことにした。

新幹線が新山口駅に着き、山陽本線の乗継ぎに三十分あった。

待合室に人の姿がないので原稿を書くことにした。

ふと見ると待合室の壁に誰かの筆文字を大きく引き伸ばした看板があった。

——妙な宣伝板だナ。

と思ってその文字を読むと、〝寒い寒い日なりき〟とある。

著者のものか写真があり、見覚えのある顔であった。どこかで見た。

中原中也であった。

生原稿を引き伸ばした写真だった。

〝冬の長門峡〟と題された詩で、そこにあった注釈に、この詩人が二歳になる長男を亡くし、哀惜の情の中で創作されたとあった。

哀しみが出ているといえばそうであるような、あとの者がそう解釈しただけのことだろうと想像すればそうであるような……。ただなんとはなしに作者の寂寥は伝わってくる気もした。

人の幸福な情景はどこかに共通のものがあるが、哀愁は皆違う表情をしているのだろう。

博多駅で買ったスポーツ新聞を開くと久留米と玉野でS級戦を開催していた。これから玉野まで行くのも悪くないな、と思ったが、葬儀屋が精算に来るのを思い出して立ち上がった。

# 二日後には焼くんだろう

先月の下旬に父の通夜、葬儀、初七日やらでほぼ十日余り、仕事がほとんどできなかった。

十日振りに筆を執ったら、いつもであればさして苦労もせず書いていたエッセイなどが、最初の三十分余り筆が動かなかった。

——へぇ～、そういうものか。

と人の習性に感心した。

別にややこしいものを書こうとしているのではないのに、

——どうやって書けばいいんだっけナ？

という感じだった。

すぐにゴチャゴチャ考えずに書けばイイんだよ、という声が頭の隅から聞こえてきて、手が動き出した。

今年は何年か振りにやる気で仕事をやるかと思っていた矢先だったので、父の死は出端を叩かれたのか、と妙な気分になった。

——そうでもあるまい。

親の死というものは、子に最後の示唆を与えるというから追い追い、あの時の死はこういうことだったのか、とわかるのだろう。

初七日を終えて上京すると、奈良では記念競輪がはじまっていた。

奈良記念は、毎年、春を告げる記念である。これと同時期に今はなくなった西宮競輪場のダイヤモンド賞というのがあった。

昔、西宮記念の最終日が終った後、関西の競輪記者のKチャンと二人で西宮の駅で電車を待っていたら（二人ともオケラだった）、Kチャンがいきなり、線路端に群がっているハトを見て言った。

「伊集院さん、若い時、こんなふうに金が一銭もなくなったことがあって、腹も減ってもうて、あのハトを本気で捕えて喰うたろか、と思うたことがあったね」

「うん、わかるよ。その気持ち」

Kチャンがなくなって今年の夏で丸二年になる。

——三回忌か……。

まだ墓参りにも行ってない。

上京した夜に座談会があった。

週刊誌の連載の本の六冊目が出版されるというので、少し華もなくてはいけないと、私、西原画伯が、騎手の武豊君を招いて話を聞くことになった。

武騎手が気を遣って面白い話をしてくれた。

戦前、戦後すぐの頃（古い言い方だナ）はギャンブルが絡む競技では勝つために手段を選ばずなんでもやっていた。エライ人が多かったのだ。話を聞いていて、

——ギャンブルはなんでもありか……。

と思った。

それを今回の本のタイトルにした。

発売は三月下旬らしい。誰が読むのやら。

武騎手は同じ京都で競輪の村上義弘と仲が良い。それで時折、競輪場に応援に行く。

競輪祭も初日だけわざわざ小倉まで応援に行き、何やら少し勝ったという。そりゃ良かった。

競輪も少し勝つ人がいないと誰もやらなくなるものナ。

武騎手と逢った数日後、ヤンキースの松井秀喜選手ともひさしぶりに食事した。

相変わらず礼儀正しい。

去年の終わりにヒザの手術をした。思うように動けるのは暖かくなってからだろう。

松井選手にとってプロになって開幕前に定位置があやふやなシーズンはジャイアンツ入団の年以来のはずだ。私はこれをいい機会と思っている。〝無事是名馬〟の言葉もあるが、人が経験する辛さを自分もすることは後々大きなものを得る。

しかも彼ほどの選手である。得るものは他の選手の何倍もあろう。

武騎手が骨折した時も同じだった。復帰した後の活躍は素晴らしいものであった。

中央競馬の東京開催が雪のために七年振りに中止になった。

メインは根岸ステークスである。出走馬を見るとノボトゥルーの名前があった。

――まだ走っているのか。

すでに十二歳である。

立派な馬である。

この欄の前の担当者のK君にこの馬が来るかもとすすめて、薄給だったK君が生涯で一番の配当をゲットしたのは何年前のことだったか。

武豊騎手と話をしていて、馬券を買っていた頃のことを思い出した。

今考えると何を根拠にあれほど金を賭けたのかさっぱりわからない。そろそろ競馬も遊びで買うのなら悪くない気がしてきた。なにしろ常宿から場外馬券売場までタクシーで五分なのだから。

今回、父の葬儀は長男の私がすべて仕切らざるをえなかったのだが、葬儀屋の営業と予算の打ち合わせをした時も坊主とお布施や戒名料の話をした時も驚くことばかりだった。

葬儀屋の話などは、初め黙って聞いていたら、見積り金額はすぐに五百万円を越えた。すべて話を聞いたあとで私は話しはじめた。

「その檜の七十万円の棺だけど誰が有難いと思うのかね？　これまでいろいろ葬儀に出席したけど棺が立派だったと参列者が話したのを聞いたことがないぞ。それに棺にはいつもキンキラの錦の布がかけてあるんじゃないの。二日後には焼くんだろう。次に有田焼の八十万円の骨壺だけどいつも白木の箱に入っていて見たことがないし、墓の中に入れれば誰にもわからんだろう」

「でもお父上が……」

「相手は死んどるんだぞ」

坊主も坊主である。金を包んで持って行ったらこうのたもうた。

「この祠堂《しどう》料《りょう》というのは永代供養料でして五十万円です」

不足分を持って来いと言う。

永代供養？　オヤジは九十一歳ですぜ。こっちの世の中で永代供養は必要ないだろう。〝坊主丸儲け〟とはよく言ったものである。

姉妹たちのために分骨したら誰一人いらないと言う。
骨壺三個バッグに入れて飛行機に乗った。
――このまま空から撒くか？

## 背番号までとは言わない

ヤンキースの松井秀喜選手が五月十一日のアスレチックス戦、一回表の守備でレフト前の小フライをスライディングキャッチしようとして、左手首を骨折した。

テレビを見ていて、松井選手の表情がいつもと違うのにこれはどうしたんだ？と動揺した。

結果は酷なものだった。

メジャーに入団し、この日まで続いていた連続出場の記録が途絶えた。日本でプレーしていた時から続いた記録を合わせれば大変なものだった。そのこともショックだが、シーズンがはじまったばかりでの怪我は彼の選手生活にとって初めての長期にわたる欠場である。

ニューヨークのメディアもそうだが、日本のマスコミもこぞってこのアクシデントを記事にした。

さっそく日本の各スポーツ紙や雑誌から松井の怪我についてのコメントを求められたが、何も話すことはなかったので断わった。

人間である限り不死身ではないのだから必ず怪我や事故は起きる。

スポーツ選手にとって一番怖いのは身体の故障である。

才能あるプロの選手が、選手本来が持つ資質と能力を発揮できずに選手生活を終える原因はふたつしかない。

ひとつはその選手が自分の選んだスポーツがいかなるものかを理解できなかった場合だ。そのスポーツをマスターし、なおかつ抜きん出る能力を体得するために必要な精神力、姿勢を学び、身に付けることができずに終ってしまう。

これはスポーツマンとしての基本が理解できなかったのだから仕方ない。半分以上の選手はここで一流の門をくぐれずに終る。

毎年、プロ野球に鳴り物入りでルーキーが入団してくるが、私は彼等の目と態度、そして発言を聞いていると七、八割方、その門をくぐれるかどうかがわかる。一見、その門をくぐったように見える選手でも、

——やがてこの選手は門の前で手にしなくてはならないものを置き忘れてきたことに気付くだろう。

という選手もいる。

さてもうひとつの原因。才能、資質、精神力も姿勢も人並み外れてある選手がその能力をすべて発揮できない原因のほとんどは怪我、故障である。グラウンド内外で生じたアクシデントによるものだ。

これが一番の悲劇であるが、大勢の才能ある選手が、この原因によってユニフォームを脱ぐ。これはスポーツ選手の宿命と言っていい。

あの清原選手の下半身。もし順調であれば今もどれほど活躍ができているかは想像を超える。

松井選手の怪我は左手首の骨折で、折れた箇所も一ヶ所だそうだ。

手術は成功したという。

アメリカの医師は、日本と違って本当のことを話すからこれも事実だろう。

抜糸までが二週間。完治してプレーができるまでが六週間。

約二ヶ月の戦線離脱である。

ゲーム数にして五十試合前後だろう。

このあたりは予測しても仕方がないことだが、あの状態の怪我なら通常の人の半分くらいの日数でプレーできる状態になるだろう。当人もそう願っているだろうし、あの鉄のごとき意志でそうしてしまうだろう。

私の読みでは復帰はオールスター戦前後で、おそらくオールスター前にグラウンドに出てくる。

――そうしていきなり活躍するかどうかって？

それはわからない。

活躍するかどうかは誰にもわかるはずがない。

但し、この怪我が復帰後の松井選手にとって好結果をもたらす要素を少し話す。

ものごころついて少年時代から野球だけを彼はしてきた。生活のサイクルの中心にグラウンドでプレーしている自分が居る暮しである。その生活ががらりとかわり約二ヶ月間、グラウンドに立てない。

――その結果、何が見えるか？

野球というスポーツを冷静に見つめることができる。

社会の中で、プロ野球がどんなふうに存在しているかが見える。自分が全力でむかっている野球がなんたるかも見える。

次に野球というスポーツがどんなゲームかが見える。おそらく新鮮な見方ができるだろう。例えば、なぜ四割打者がいないか、とか、百本ホームランを打つ打者がいないか、とか……。

自分の年齢の青年が社会の中でどんなふうに生きているかが見える。

次に放っておいた身辺の整理もできる。不義理をしていた人への思いもよみがえるだろうし、大切な人への思いも確認できる。

つまり初めて普通の青年らしい思考ができるということだ。

あとはこの年齢での怪我だから回復力、蘇生力を含めて、以前より骨が丈夫になる可能性がある。

左手首だったことが、彼のバッティングを思わぬ方向に変えてしまう可能性もある。これは右投げ、左打ちの打者にとっての欠点だとこれまで言われてきた、左腕の反応の鈍さと筋力の弱さを指摘する考えを一変させる可能性がある。

これを機に二度と大怪我をしない守備、走塁をマスターするようになる。

そうして最後に、好結果の最大のことがある。

これによって松井選手の選手寿命が大幅に伸びたということである。

「もう連続試合も途切れたし、休養しながらプレーができますね」

友人の一人にこう言われた。

「いや、それは違うだろう」

私はそう返答した。

おそらく松井選手は復帰した日からまた連続出場を目指すはずだ。そういう青年なのだ。

背番号の年齢までとは言わないが、五十歳まではできるだろうよ。

——伊集院さん、ご冗談を……。

「松井君、私は君に関しては冗談は言わないんだよ。やりなさい」

こんなことを考えた週末でした。

# いつも死ぬ気で走っとるで

夏の間、日本に居たのは十数年振りのような気がする。

せっかく空いた時間なので普段できないことを何かしようと思っていたが、何もせずに九月になった。

せめてオールスター競輪だけでも五日間しっかりやろうと早目に仙台に戻ったのだが、これが初日、二日目と仙台に客が来る破目になった。

世の中、当人が考えているようにはいかないものだ。

客が帰った夜、二日目のレースのビデオを見たが、酔っ払っていて、レース検討もできなかった。ともかく早く寝て、明日の朝から競輪をはじめることにした。

目が覚めるとまだ夜中の三時過ぎだった。

寝床で煙草を呑みながらぼんやりしていると、カサコソと音がした。

枕元の灯を点けると、頭の上の畳に虫がいた。

コオロギの子供だった。

――どこから入って来たんだろうか。

私は部屋の中を見回し、どこかで寝ているはずの愚犬を探した。愚犬に見つかればコオロギの子供は食べられてしまう。

まだ小指の先ほどの子供だ。せめて成虫になり、秋の夜長を楽しませてやりたい。

案の定、犬がのこのこ起き出してきて、私の枕元にやってきた。寝ぼけているのか、虫の存在に気付いていない。のそのそと寝ぐらに戻った。

コオロギは週刊大衆の表紙の上でじっとしている。

「人妻の裸でも見たいのか。おまえまだ子供だろう」

ちいさなコオロギを見ていて、健ちゃんのうしろ姿が浮かんだ。

健ちゃんは関西のスポーツ新聞社に勤める名物競輪記者だった。

だった、と書いたのは、一昨日の夕刻、彼がかつて所属していた新聞社のデスクから、健ちゃんが亡くなったのを聞いたからだ。

病気なのか、事故なのか、死に際はわからないが、ともかく健ちゃんが死んだことだけを報《しら》された。

「そうですか。詳しいことがわかったら、また報せて下さい」

私は電話を切り、翌日のレースの予想をして、少し酒を飲んだ。

家人には内緒にしておいた。切ないことはさらりと告げた方がいい。

深夜、目が覚めて、コオロギを見ていたら、健ちゃんのことが思い出された。

まだ私が京都に住んでいた頃、よく二人で飲み歩いた。

健ちゃんを私に紹介してくれたのは〝鬼脚〟こと競輪選手の井上茂徳だった。

二十年前の話である。

「伊集院さん、ぜひ一度逢って欲しい人がいるんです。競輪が大好きで、酒が好きで、あなたにそっくりな人がいるんですよ」

健ちゃんはどこかで私の文章を読んで自分が担当する紙面にコラムを書いて欲しいと申し込んできた。

逢って驚いたことに、酒は強いし、競輪への愛情は私などとは比較にならぬほど深く大きかった。

競輪には先行型の選手を好む人と追込型の選手を好む人がいる。

健ちゃんは追込型を好み、それもマーク屋を愛した。

一番の贔屓《ひいき》は岡山の国松利全だった。健ちゃんの競輪記者として熱気があったのは国松選手の全盛期だったような気がする。

「トシが落車して担架で運ばれる時、それを見てわし涙が止まりませんでしたわ」

「そりゃあんたトシの競りがどれだけ強かったか。あいついつも死ぬ気でいきよりましたから」

酒場で興が乗ると、贔屓の選手の思い出話になった。

競輪も教えて貰ったが、一番は生きる上の肝心を教わった。

「伊集院さん、あんた少し恰好が良過ぎるわ。それはあかん。世の中のほとんどの人はあんたみたいには生きられんのや。それでは寄ってくる人も寄ってきいへん。人間一人でできることなんぞたいしたことおまへんで……」

「どうすりゃいいんですか？」

「阿呆にならなあきませんわ」

「阿呆に？」

「そうでんがな。馬鹿でも間抜けでもよろしい。人に笑われるところがないとあきません」

「……」

私はそれがどういうものかわからなかった。

或る競輪選手の結婚式に二人で出席した時、急にスピーチを指名された。話は苦手だった。健ちゃんの顔を見た。

「笑って出て行って、阿呆してきなさい」

そう言われて慣れぬ歌を歌って爆笑を買い、席に戻ると健ちゃんが言った。

「それでよろしい」


奈良駅から競輪場まで田圃の畔道を二人して歩いた。向日町の飲み屋でチンピラと大喧嘩した。

大阪・福島の聖天通りにある〝すえひろ〟で二人して酔い潰れて主人のシュウ

ちゃんから呆れられた……。

後輩の面倒をよくみる人だった。飲み屋の代金を私にも、後輩にも払わせることをしなかった。健ちゃん一流の酒呑みのダンディズムがあった。

それを見ていて家族は大変だろうと思った。想像どおり、外の気前の良さは、内の迷惑、呆れられの典型になっていた。

それでも彼は姿勢を変えなかった。

――そうするしか生きられない。

私は健ちゃんを見ながら、その男気と裏返しにある哀愁が好きだった。

昨日の朝、健ちゃんの家族から連絡があり、葬式は身内ですませることを報された。

それでいい。最後にそうしてくれる人がいるのが、男の値打ちだ。

今朝は花月園のオールスターの準優戦である。明日の決勝戦までにひとレースでもいいから、見事な競りのレースがあれば弔いになる。

あのコオロギは偶然、寝床に来たとは思えない。

# 親しい人は粋な別れをする。

# 何を考えてるの！

いろいろあるのが世の中である。

このところ各県の知事がどんどん逮捕されている。どうやら知事の仕事のひとつに普段世話になっている人に甘い汁を吸わせることがあるらしい。部下を呼んで言う。

「君、××さんに甘い汁を一杯飲ませてやってくれたまえ」

「は、はい」

そして部下は甘い汁を用意する。

甘い汁はたいがいの人が好物だ。一杯飲んだらやみつきになる。

「御代り下さい」

そりゃ次はそう言うに決っている。

しかし今にはじまったことではあるまい。知事という役はおいしい役柄らしい。一度やったらやめられない。二期、三期と続けるためにどんどん甘い汁を振舞う。ところが甘い汁をご相伴させて貰えない連中も当然出てくる。その人たちにとっては現知事は憎悪の対象になる。そのあたりから事件は発覚したのだろう。

——現知事を放っておいては正義が廃《すた》る！

そんなことを口にしたりするんだろう。でも甘い汁にご相伴になっていれば果してそう口にするか？

知事も哀れだが、逮捕された知事の顔がどいつも共通して小悪党の顔に見えるのは、あれはなぜだろう？

逮捕されたから、そう感じるのかと思ったが、よくよく見ても小悪党面である。

どうして地方でこんなことが続けざまに起るのか。

地方に人材がいないからだ。

これに尽きる。政治ができる人間がいないのだ。どうすればいいか？　それは地方で考えなさい。

どこかの大学のミスキャンパス候補がAVに出演していたのではという疑いで、その子は候補を下りたか下ろされたりかしたらしい。

それって少しおかしくないか。

AVに出演するのが悪いように言ったら、今AVに懸命に出演してるおネエちゃんに失礼と違うか。

彼女たちも事情、理由があって働いているんだし（勿論、自ら好きで働いている立派な子もいるが）、それをまるで社会悪のように言うのは大人の男としておかしい。

その子も自信を持ってやっていけばいい。男たちはおおいに彼女で悦んでいたのだし、感謝はされても、うしろ指さされることではない。

或る女優さんが彼女の過去を書いて出版し、名前を出されたタレントがいろいろ噂されていると言う。

先日、酒場で飲んでると、いきなり訊かれた。

「伊集院さんは彼女と何もなかったのですか？」

「何もって何が？」

「だから、その本に名前が」

「えっ、私の名前が出てるの？」

「えっ、やっぱりそうなんですか」

「やっぱりって君、それどういうことですか」

「いや、さすがですね」

「さすがって君何を言ってるの」

「世の中って悪いことはできませんね。失礼します」

「オイオイ、こらっ。私は会ったこともないぞ」

けれどよくよく考えれば別に悪いことをしたわけではないし、つき合うなり、寝れば、そういうことは起るのが世間というものである。

かと言って、その本を読んで何があるのかもよくわからない。

『伊集院さん、それ我が社の本ですから……』

誰の声だ？

えっ、そうなの、本誌の編集局が出したの。ならそれはそれで何かあるんじゃないの。

この本を読んだ同じ女優さんが、

「この本は間違ってます」

と声高に発言していたが、そんなふうに言ってはいけない。皆同じサークルなんだから、サークル活動は仲良しが基本なんだからね。

まあこれを機に作者も過去を忘れて、次の思い出を作れるよう頑張ればいいと思う。

この本がたくさん売れたら、金を借りに行こうかな。

『伊集院さん、今のところ我が社も金がふぞろいでして』ってか。

ところで『増刊大衆』は元気にやってるのだろうか。

一時期、ゾウタイ（略はこれでいいのだろうか）で連載していた時、毎月雑誌が我が家に送られてきて、それを見た家人が呆れ果てていた。

「あなたは若い時にこういうものを愛読なさっていたのですか」

「いや愛読ってほどではないけど、読みものがない時は手に取ってましたね。ほら私、活字中毒の時があったから」

「これ活字じゃないでしょう」

「……」

そういえば、最近、私が失言してひどく呆れられたことがあった。

家人は少女の頃、フィギュアスケートが好きで選手になることを夢見た時期があったらしい。

だから今もテレビのスポーツ中継でフィギュアスケートの大会があると必ずテレビの前に座る。

或る時、それが私の食事時と重なり、私は競輪ダイジェストを見たいのだが、それを強く主張できない性格だから家人につき合って見ていた。

「浅田真央ちゃん、背が高くなったわね。おっ、トリプル×××だ」

などと言っている。

私はもうフィギュアスケートに飽いてしまい、

──何が面白いんだか……。

と思っていた。

こういう時、私は、目の前のものが面白くなる方法を考えてしまう。

例えば小学校の習字の時間にうんざりした時など、

——紙に書くから面白くないんで、これをクラスの連中の顔に書いたら面白くなるんじゃないか。

と思い立ち、実行したら先生からこっぴどく叱られた。

私はフィギュアスケートを見ながらぼんやりと考えていた。

そうしてふと言葉を洩らした。

「これって演技者が全員、裸で滑ったら視聴率上がるだろうね」

——あっイカン。

と思った時はすでに遅く、家人は顔を真っ赤にして言った。

「何を考えてるの！」

## 麻雀の猛者たち

ひさしぶりに麻雀を打った。

先輩作家の家にうかがっての家庭麻雀のようなものだが、結構楽しく遊ぶことができた。

ひと昔前まで作家の麻雀は愛好家からも注目されていた。

それぞれが個性のある麻雀を打っていた。

色川武大こと阿佐田哲也は別格として、残された牌譜から作家たちの麻雀を見てみたことがあったが、これがなかなかのものだった。

五味康祐、藤原審爾、山田風太郎、花登筐などは歴戦の勇士でまさに麻雀の猛者であった。日本全国で男たちが麻雀に明け暮れていた時代だったから、作家がどんな麻雀を打つのか興味があったに違いない。

吉行淳之介も麻雀好きだった。盟友であった阿川弘之は八十五歳になった今でも徹夜麻雀ができるというから、これは好きを通り越している（編注＝執筆当時）。

阿川さんは某出版社が主催する作家の麻雀大会で十年間近く優勝を続けたのだから相当の腕前だ。

推理作家もよく麻雀をするが、新聞記者から作家になった人たちは若い時に記者クラブで鍛えられてきた麻雀だから強い。佐野洋、三好徹などは、その代表格である。生島治郎も麻雀狂だった。

推理作家の若い方では綾辻行人は週刊大衆が主催していた〝名人戦〟の最後の名人である。

五木寛之も引きの強さでは当代一である。なにしろあと山が一巡しかない時、三枚目のチーピンでも平気で立直《リーチ》をかけて、それを一発で自摸《ツモ》和がるのだから尋常ではない。

今、現役でバリバリ打っているのは藤原伊織、白川道（編注＝執筆当時）、黒川博行だ。

ともかく作家が遊びと言うと麻雀しかしない時代があった。あまり狂い過ぎて作家たちがまとめて警察にしょっぴかれ、新聞ネタになったこともある。徹夜麻雀もざらであっただろうから編集担当者は大変だったはずだ。

麻雀のプロと称する団体がいくつもあり、そこに所属して日々切磋琢磨している人たちもいる。

知り合いも多いが、誰が一番猛者かと訊かれれば、私は小島武夫を挙げる。彼の全盛時代の話を聞くと、天才に強腕が加わった印象がある。

小島は私の兄弟子になる。というのは小島は阿佐田哲也の弟子になるので、彼の方から私を弟分と呼んでいる。そう言われながら小島と麻雀を打ったり、酒を飲む時間は悪くない。

ひさしぶりに打った麻雀で四時間近くまるっきり手が入らなかった。こうなると麻雀は苦しい遊びになる。

何度か場替えをしても同じ場所に座ってしまい、ともかく苦しかった。

その時、安藤昇氏が〝麻雀は場所、すなわち方位が勝敗の最大の要因〟だと語っていたのを思い出した。

こちらは方位学を極めるまでになったのだから常人には計りしれないギャンブ

ルの力があったのだろう。

読者の方からよく訊かれる。

「誰が一番強かったですか？」

私は阿佐田哲也の麻雀はやはり強かったと思う。

ほんの一年だが、阿佐田氏と競輪と麻雀で地方を回ったが、土壇場にきてからの強さは驚異的だった。

晩年はナルコレプシー（突然、睡魔が襲い眠りこける病い）という持病と戦いながらの麻雀だったから、往年の強さは影をひそめていたが、それでも時折見せる勝負勘の鋭さには目を見張らされるものがあった。

# 見事な人々

新年明けましておめでとうございます。

ところで読者の皆さんは無事に新しい年を迎えられたのかいな。

この文章を読んでいられるということはどうにか年を越せたのだろう。

——過ぎてしまえば……。

これが年を越した実感でしょう。

あれこれ借金の返済やら、不義理について考えあぐねても、大晦日から除夜の鐘、そして日付けがかわってしまうと、ただの新年である。

なんということはない。

生きてる自分があればそれでいいのだ。

今月は競輪祭もあるし……。

とはいえ、この原稿は年の瀬の中旬に書いとるわけです。

ということで、暮れの一日を書く。

今夜は月島で食事をした。

風情《ふぜい》がある小料理店で、これで若い美人の芸者の二、三人でもそばに居たら申し分はなかった。

「どうして月島って名前がついたんでしょうね」

仲間の一人が言い出した。

「昔、このあたりに船がよく着いたからじゃないか」

――なるほど、〝月〟ではなく〝着き〟か。

と感心した。

「いや、そうじゃないだろう。やはりこの島から仰ぎ見る月が江戸の中でどこより綺麗だったからだろう」

――うん、それもあるな。

「そうじゃなくて、島全体のかたちが月に似ていたからじゃないか」

――ほう、月島はそんなかたちをしてるのか？　ちっとも知らなかった。

仲間たちの話を聞いて納得していると、一人の男に訊かれた。

「伊集院さんはどう思うの?」

「えっ、私ですか、ツキシマ……ねぇ」

私は戸惑いながら返答した。

「私が思うに、昔はここに結構な数の賭場が開いていて、お膝元の賭場より客が足がかかるので、盆を持つ方も最初は客に勝たせて帰らせたんじゃないかしら。その評判が立って、あの島に行けば、博奕はツクゼ、ということになり、ツクシマ、ツキシマになったんじゃないかね」

私が出鱈目《でたらめ》を口にしていたら仲間は皆なるほどという顔をして聞いていた。

――冗談だって……。ジョーク、ジョーク。

とはいえ、地名の由来はさほど高尚なものではないのが世界共通である。

去年はよく知人が亡くなった。

前半に東大阪のギャンブル好きの職人の顕太郎さんが亡くなった。

顕太郎さんは大阪のギャンブル記者の雷蔵のオヤジである。

長い間、入院されていたが何度も病院で暴れて、しょっちゅう、点滴の管を外し、奮闘していた。身体中いたるところに手術の跡ができフランケンシュタイン状態だった。それでも倅の雷蔵に競馬、競輪を頼んで、しっかりと遊んでおられた。

オヤジさんはいつも私のギャンブルの加減を心配してくれていた。

「どうや雷蔵、伊集院はんは勝負に出てはるか？」

「この頃は少し休んではるな。けどそのうち打って出はるんとちゃう」

「そうやな。伊集院さんは必ず打って出はる人や。ええ目が出るとええなあ」

「そうやな。それよりお父ちゃん。今週はおとなしゅうしときや」

「わしはいつかておとなしいがな」

「………」

喪に服していた雷蔵は七七日《しちしちび》が終ってようやくギャンブルをやりはじめた。

この頃、雷蔵は少し余裕がある口振りである。

――あいつ、まさかと思うが、オヤジさんから遺産が入ったんとちゃうやろな。

この原稿書き終えたら訊いてみんといかんな。必要以上に否定したらなんぼか入っとる言うことや。

夏になって雷蔵のギャンブルの師匠だった健チャンが亡くなった。

私が関西の競輪記者の面々や競輪選手たちと知り合うきっかけを作ってくれたのが健チャンだった。

私と同じ歳で、身長は五十センチくらい私の方が高かったが、度胸と酒量と、酔った時の気の大きさは私など足元に及ばなかった。

小銭の借り方は天下一品で、後輩記者の出張費を使い込むのは日常の行動だった。

小銭の借り分が少しずつ増えて、最後は結構な借財をかかえたらしい。

私はそれを健チャンのだらしなさとは思わない。なぜなら健チャンは自分が何かを得るために金を使ったのではない。酒場の金にしても誰かを誘っていたし、客の入りが悪い場末のスナックのママを見て、可哀相だからと毎晩通ってやっていた。

財布のヒモよりも健チャンは男としての姿勢を貫《つらぬ》いたのである。

明日のことより今夜の恰好が優先したのだ。それをだらしないと言う人もあろうが、私は決してそう思わない。

健チャンが産油国のアラブの王様の息子だったらどうだろうか。

やはりその国はつぶれたろう。

やっぱりだらしないか。

秋になって長く私の担当をしてくれていた編集者のM氏が亡くなった。私より七、八歳年長の人だった。

男気のある人で仕事のやり方、生き方がややもすると斜めになってしまう私に対して彼はいつも忠告してくれた。

「伊集院さん、あんたは堂々と生きていいんだよ。あんたが堂々と生きなきゃ、誰が堂々と生きるんだよ。あんたみたいな小説家はめったにいないんだから」

M氏は将棋がめちゃくちゃ強かった。プロを目指したこともあるようなことを噂で聞いた。

一度手合わせを願った。

少し指してからM氏が言った。

「あなた、この先、将棋を指すのはやめなさい」

私と最後の小説を出版し終えるとさっさと現場を引いた。

病いを患ってからは醜態を私に見せたくないといっさい逢いにはこられなかった。

見事な駒の置き方だった。人は皆運命で世を去る。

# トウトウキタナ

十数年振りに背中に激痛が襲って動けなくなった。

痛みがきたのが、上海のホテルのベッドの中で、これから原稿をやっつけなくてはならない夜明け方だったので少々マイッタ。

最初、肝臓の裏側だったので、

——イカン、トウトウキタカ。

と思った。

同じような痛みが襲って急死した友人がいたので（急性肝炎）、

——こんな時に終りになるのか。

としばらく部屋の天井を見ていた。

この一ヶ月はたいした仕事量でもなかったのに妙に忙しく、度々、心臓がおかしくなっていた。

睡眠不足が続いた。一ヶ月余り一日平均、三時間程度だった。

——マイッタナー、今か……。

自分の死に方がどうなるのかは人は誰も想像できないが、これまでも人はこうやって死ぬものなのか、と思ったことは数度あった。

その時も何かやらねばならない仕事があった気がする。

ともかくベッドを這い出し、原稿を書きはじめた。奇妙なもので原稿を書いている間は痛みを忘れる。

私は痛みにたいして鈍感である。

子供の時、病院の手違いで麻酔なしで爪を抜いて貰ったが我慢ができたし、皆でレストランに行き食当りをして、他の二人が救急車で運ばれた時も二日間、アパートで痛みに耐えて乗り切った。アニサキスも三度やった。これも一人でタクシーに乗って病院に行き、看護師に、

「たぶんアニサキスです」

と説明したら、

「アニサキスはそんなふうに立って話はできません。胃壁に穴を開けてるんです

よ。陣痛くらいに痛いんですから」

と言われた。

「陣痛？　何を言ってんだ。私は男だぞ。その激痛がしてるからこうして来たんじゃないか」

「そうですか。でもアニサキスじゃないと思いますよ。アニサキスは皆さん倒れるくらい痛いんですから……」

――しつこい奴だナ。

結局、アニサキスだった。

内視鏡でアニサキスを引っこ抜いた医者が言った。

「よく我慢できましたね」

「だから我慢できないから、こうして来たんだろう。でも三度目だから痛みも慣れたのかもね」

医者が呆れ顔で見ていた。

ともかく痛みに耐えて上海で仕事を続けた。

撮影の仕事で来ているのだが、その撮影も延期して貰い、仮眠をとりながら机にむかった。

背中の痛みはますます激しくなる。

——待てよ。上海に来ている雑誌の紀行文の仕事のタイトルはなんだったっけ？　なるほど、そうか……。

私は妙に合点した。

タイトルは〝どの街で死ぬか〟である。このタイトルは、面白い死に方をしている古今東西の奇人の生き方を訪ねるつもりでつけた。

しかしこういうタイトルをつけると連載中に当人が死ぬんじゃないかとも思った。それを上海で原稿を書いていて思い出した。

海外で原稿を書きながら死ぬ。

つまらない死に方である。

性悪女に階段でうしろから突き落されるとか、病気持ちの女に病気を感染させられ顔も身体もぐちゃぐちゃになって死ぬとか、いやもっと人知れずくたばる方がよほどいい。

二日目になると痛みにも慣れてきた。締切りもなんとかこなせそうな見通しになった。背中の痛みも少しずつ上の方に移ってきた。

——あれ、これって肝臓じゃないのか。

これまでの激痛史を思い出してみた。そういえば疲れた時によくこの激痛はあったナ。

思い出した。

三十歳代の頃、数年に一度、背中の痛みで二、三日動けないパターンがあった。

——あれか……。

けどあれは寝ずに麻雀ばかりしていた時代だ。今は違う。

身体が弱ってきたのだろう。

上海から一人で戻り、今この原稿を痛みと仲良く書いている。

その紀行文の最後の旅もなんとか終了しそうで、まだ生きてるんだからシブとい。

二年前にポン友が立て続けに死んだ。

一人は部屋で腐乱死体で見つかった。もう一人はせつない死に方をした。どちらもいい男で、自分の人生を自分で片付けた。

他人から見ると、馬鹿な死に方に見えるが、他人や世間というものは生きるということを割りきってしか考えられない。

二人とも死ぬ前に逢っておけば良かったと思ったし、実際、彼等も私に逢いたいと洩らしていたらしい。それが逢えないのが男の人生なのだろうと思う。そうな逢えば相手もこっちも甘えが出るし、ひとつ間違えば感傷におちいる。そうなるとせんないことになる。

死ぬ前に逢う運命なら逢っていたのだろう。逢ったところで何もできなかったはずだ。相手が弱気になる顔を見たくないし……。互いに痩せ我慢して生きてきたのだから、彼等が選んでそうしたに違いない。

ただ死なれてみると、男の我慢が詰まった樽の箍《たが》が外れたようでなんとも淋しいものだ。

死んだ当初は思わぬが、この頃は、

——あいつらでなくとも死ねばいい男はいくらもいるだろう。

と腹立たしくなる。

# ペンダコでどうだ？

生家のある山口県・防府から東京に帰ろうと、宇部の空港にタクシーでむかった。

タクシーの運転手がいきなり話しかけてきた。

「明日からはじまるケイリンダービーは山崎芳の優勝ですかね」

「うん、有力候補の一人だね。けど山崎は発展途上の選手だから確実にダービーを勝ち切るのはまだ無理だろうね。むしろ小嶋敬二の方が優勝に近いかもしれないね」

「そうですか。しかし最近の競輪は勝てませんね。三連単なんかまったくかすりもしません」

「それはこっちも同じだよ」

「昔みたいに後輩が先輩のためにガンガンに先行するなんてレースがなくなりま

したものね。皆が勝とうとしちゃ、レースになりませんよ」

──なるほど。

「この頃は防府競輪場でも見かけませんものね。競輪やめたんですか」

「いや、本場に行く時間がないんだよ。困ったもんだね」

「お父さん、残念でしたね。ご愁傷さまです。わしらは若い頃、〝シェーン〟で世話になったんですよ」

「そうなの。ありがとう」

〝シェーン〟とは私の父が昔経営していたダンスホールの名前だ。

この運転手さんは若い時分は結構遊んだのだろう。

「いや、平気でラインを切り替えるものね。最近の若い選手は……」

運転手はずっと競輪の話をしている。よほど好きなのだろう。

途中、ポン友から電話が入り、羽田に着いたら、そのまま彼と銀座の鮨屋で待ち合わせることにした。

銀座の鮨屋のオヤジに電話を入れた。

「お待ちしてます。気を付けてお戻り下さい」

運転手はまだ競輪の話をしていた。

空港に着いた。チェックインカウンターに行くと、えらく空いているではないか。

——なんだ。この閑散とした感じは？　細菌戦争でもあって皆死んだのか。それともどこかで全裸の女たちが踊り狂ってたりしてるのか。

なんか変だと思ってカウンターに行くと、グランドホステスの背後の出発時刻が過ぎていた。

——えっ、飛行機がもう飛んで行っちまったのか。

「すみません。四時台の飛行機はもう飛んで行ったの？」

「はい。出発しました」

「私を置いて？」

「はあ？」

「そりゃ、ずいぶんじゃないか。君、困るよ。銀座で七時に待ち合わせてるんだから」

「はあ？」

――はあ、はあって、君、昼間っからおかしいんじゃないか。

それでまあ、今、この原稿を書くことになってしまったのだ。

こういうこと何年振りかナ。

四時半の出発をどうして四時五十五分と間違えたのだろうか。

ともかく次の便までには三時間半あるわけで、今さら実家に戻れば往復で三時間かかるし……。

――あの運転手がもう少し静かにしてくれていたらなあ……。

まああの競輪狂のせいではないか。

今朝は早くから市役所に行ったり、税理士のところに行ったりで大変だったものナ。

朝から役所に行くと、確定申告の最終日だったらしく窓口が混んでいた。

「すみません。固定資産の課税明細書を貰いたいのですが」

「ご本人ですか」

「はい。私は本人です」

「ですからあなたの固定資産ですね」

「違う、父親のだ」

「代理人さんですか」

「いや、当人は死んだんだ」

「はあ?」

「だから……相続手続きだ」

「あっ、わかりました。この書類に記入して下さい」

「これでいいかな」

「はい。ではあなたとの関係は?」

「親子ですよ。木の葉や中華なわけないでしょう」

「はあ?」

「では免許証か何か、ご自分を証明するものをお持ちですか」

「えっ、自分を証明するもの? ……何もないね」

「何かないんですか」

「ないね。私が歌手なら一曲歌うんだけど。そうだな……。このペンダコでどうだ？」

「はあ？」

「市役所に知り合いはいなかったかナ……。あっ、市長なら私がわかるよ。呼んできて貰えない？」

「はあ……」

結局、代理人の証明をするということで委任状を書き、そこに印鑑を貰うために家に戻った。

「あら、早かったのね」

「うん、役所がてきぱきしててね。たいしたものだね。防府市役所も」

「そうかい。評判あんまり良くないんだけどね」

印鑑を探して貰って役所に行き、そこから税理士の所へ行った。

高校時代の同級生というのだがまったく記憶にないし、えらく歳を取っているように見えた。その分信頼がおけそうだった。

相続手続きのことをいろいろ説明を受けていて疲れてしまった。

――死んだ方はこんなに面倒なことを残していったなんて思ってもいないんだ

ろうナ。

私は何かを残しては死なんぞ。

何も残らないってか。

いろんなことが人一人亡くなると起るものである。

あとは父に顔の輪郭がそっくりの男や父と目元がそっくりの女性が何人くらいあらわれるものかを待つだけである。

「いや同じ便なんだ。元気にしてたの。そうそうお父さん大変だったね。ご愁傷さま。いや偶然だね」

田舎の友人の顔を見ながら、偶然なんかじゃないんだが、と思った。

# ぜんぜん違うわよ

先日、竹内まりやさんの歌を作詞した話を少し書いたと思うが、その折、音楽録音の現場を十年振りくらいに覗いた。

作曲は竹内さんで編曲が服部克久さんだった。曲がタンゴだったので重厚な曲にしたいということで服部さんに本格的なタンゴに仕上げて貰おうとなった。

私がスタジオを覗いた時点で音録りはかなりでき上がっていて、丁度、弦楽のパートを録音するところだった。

バイオリンを手にした人やチェロやコントラバスをかかえた人が狭い廊下に待機していた。

スタジオに入り、皆に挨拶した。それと同時に男の声がした。

専門用語でそういう人をなんとかと言うのを思い出せないが、レコーディングの時にミュージシャンを仕込む人である。

「××さん、△△さん、□□さん入って下さい」

ぞろぞろとバイオリンを手にした男女がスタジオに入ってきた。

服部さんが彼等に演奏するパートを楽譜を見ながら説明している。

「67はピアニッシモで、92は××××で……。それで△△さん、98なんだけどかなり泣いていいからね」

「わかりました。どのくらいの泣きですかね」

言われたバイオリニストが訊く。

——どのくらいの泣きってなんだ？　もしかして清一色《チンイッ》ってか？　ドラがあれば泣いてもハネ満じゃん。

「あんまり泣いてもね……」

服部さんが言う。

「わかりました」

バイオリニストが返事する。

何を話し合ってるのかわけがわからないが、たぶんソロの演奏の弾き加減なのだろう。

「じゃ行こうか」

「は〜い」

それであらかじめ録音してあるテープがスタジオに流れ出し、そこに彼等が演奏したバイオリンの音が加わることになる。

いや驚いた。何ひとつ間違わずに一発で録音がすんだ。

そして問題の泣くところだが、シビレたね。間奏部なのだがバイオリンがむせび泣いていた。

「少し泣き過ぎですかね？」

バイオリニストが訊く。

「いや、いいんじゃないかな。一回聞いてみましょう」

で皆で聞いた。

「オーケーだ」

服部さんがさらりと言った。仕込み屋の男が服部さんに言う。

「先生、△△さん、さすがですね」

「うん、あの△△さんは音大の学生の時は天才と呼ばれてたんだよ」

△△さんがスタジオから出て私たちのところに挨拶に来た。
「失礼します」

「うん、お疲れ。気を付けてね」

——オイオイ、もう一回か二回録っといた方がいいんじゃないの？

私の心配をよそに天才△△さんは去って行った。

私は隣りにいた友人のプロデューサーに小声で囁いた。

「あれはまるで殺し屋だね」

「えっ？」

「殺しを依頼された殺し屋がさ、銃を抜いて相手にむかって一発撃つわけさ。それで皆に失礼しますって帰って行く感じだと思わないか」

「ああ、そういえば似てるね」

「だろう。周囲がまだ身体が痙攣《けいれん》してますよ、もう一発とどめを撃たなくていいですか、なんて聞いても、大丈夫です。心配いりません。痙攣はあと二分で終りますから……。天才△△さんはバイオリンじゃなくてピストルだともっと儲かったんじゃないかな」

「でも伊集院さん、△△さんは日本のスタジオミュージシャンでは最高額の値段なんだよ」

「やっぱり……」

歌入れでも驚いた。

竹内さんの歌の上手いのなんの。

――当り前か、プロなんだものナ。

歌が入ったテープを貰って帰り、仕事の間に何度も聞いたのだが、私が一人で歌うとなんだかまったく違う曲を歌っている気がする。

以前、『ギンギラギンにさりげなく』という曲の詞を書いた時も何度歌ってもなんだか変だった。

百万枚以上売れて、ラジオやテレビで何度も聞いていたがカラオケでいざ歌うと、まるで歌えない。

一度、近藤真彦君に、

「先生、記念に一回歌ってみて下さいよ」

と言われ、本人の前で歌ったのだが途中でおかしくなった。

マッチは信じられないという顔で私の顔を見ていた。

子供の時は合唱隊にも入っていたのだが、どうもイケナイ。

それじゃ音痴かというと、そうでもないらしい。音感がとれる曲ととれない曲があるのだろう。

家人は長く女優をしていたが、それ以前は歌手だった。

レコードのシングルを七、八枚とアルバムも何枚か出している。

彼女の前で私が歌を口ずさんでいると妙な顔をされて訊かれる。

「それなんの歌ですか」

「これはあなた『北国の春』に決ってるでしょう」

「嘘でしょう。ぜんぜん違うわよ」

「何が？」

「メロディーも歌詞も」

「少しアレンジしてるのさ」

「そういうのってアレンジって言わないいんじゃないんですか」

「いいんだよ。自分が理解できていれば……」

そういえば日本にカラオケが流行する以前は一曲一曲機械にテープを入れて歌うものがカラオケだった。

沖縄が一番流行していた。

コマーシャルの撮影に行き打ち上げでスタッフから請われた。

「監督も何か一曲お願いします」

私は『カスバの女』を歌った。

三番まで歌い終ると皆がびっくりした目で見ていた。

カラオケの方は二番と三番の間奏を奏でていた。皆で黙って三番のカラオケを聞いた。

## パリ－スコットランド

ロンドンでのテロ未遂事件で夏の旅行が中止になった。

私としてはテロがあっても行く意志はあったのだが、同行する編集者は皆若く将来がある。

それで中止にすることにした。

テロというものは、相手から仕掛けられたら防ぎようがない。

ヤクザの抗争もそうだが、狙う方が圧倒的に強い。

世間の人は狙われる立場と、狙う立場の大きな違いが理解できない。

田岡一雄という侠客が京都の『ベラミ』というクラブで狙われ、銃撃された時、九死に一生を得たといわれるが、彼は言ったそうだ。

「相手が死ぬ気で来たら、やられたやろうな」

ヤクザの世界にしてからそうだから、ましてや宗教戦争の真っ只中、イスラムの信仰に身を捧げる人々は、アメリカ憎しで命を懸けるのは当然のことなのだろう。

宗教の問題はややこしいのだが、アメリカがイスラム原理主義を拒絶している限り平和はない。それは同時にイスラムがキリスト世界を認めなくてはどうしようもない。

古代ギリシャのヘレニズムとユダヤ教、キリスト教から生まれたヘブライズムの対抗が長くヨーロッパ世界の問題点だった。

それがここ五十年の間でイスラムの台頭が著しくなった。

キリスト世界とイスラム世界が対立していると言うが、ほとんどの抗争はキリスト世界に問題がある。

これは古くは十字軍の遠征からしてそうである。

お互いが相手のことを含めて認め合わなくては打開策はないのだが、相方の教典に、自分たちの信じる神は絶対で他の宗教を認めないと定められているのだからどうしようもない。

——じゃどうすればいいんだ？

どうしようもない。

やるだけやり合って、互いが愚行をこれ以上くり返しても仕方がないと気付くまで続くだろう。

——気付く基準はなんですか？

悲惨なものを目で見ることだ。

つまり破壊の度合いと死者の数である。人間はそれでしか宗教を超えたものを確認できない生きものなのである。

今の社会で悲惨なものとか死者の数とはいかなるものか。

それは原爆を使っての結果である。

——原爆を使用しての結果って？

そのくらいは子供でもわかるでしょう。特に唯一の被爆国であるこの国の子供なら。

だから海外から旅行者がやってきたら広島、長崎の記念館に強制的に行かさなくてはいけないのである。

東京、大阪に、その施設を建設することが、靖国問題より先だろう。

イギリスへは無理をすれば行けたのだが、何も危険な場所にわざわざ出かけることもない。

ポッカリと空いたスケジュールをどうすればいいかと考えた。

そこでパリに打ち合せに来るはずだったSさんに電話を入れた。

「Sさん、あなた旅行が中止になったスケジュールをどうするの？」

「そうなんですよ。女房も子供も皆して出かけてしまうんです。一人で家に居るのもと思って……」

「じゃどこかに出かけましょうか」

「そうしましょうか」

「どこに行きますかね」

「どこがいいですかね」

「パリに似たところはありませんか」

「日本でですか」

「ええ」

「思いつきませんね」

「エッフェル塔みたいのがある街はありませんかね」

「エッフェル塔ですか。そういえば名古屋のテレビ塔は似てなくもありませんが……」

「名古屋ね……。じゃ名古屋が日本のパリということで出かけてみましょう」

気が付いたら名古屋のゴルフ場で汗を搔きながらボールを打っていた。

三日間、ずっとゴルフを続けて東京に戻った。

常宿のホテルの部屋の電話が鳴った。

「おっ、ケント君、どうした？」

「実は家族が全員私を置いて旅行に出かけたんですよ。一人でやることがなくて……」

「そうなの。私も旅が中止になってね」

「どちらに出かける予定でした？」

「フランスのパリとイギリスはスコットランドだったんだ」

「そうですか……」

「じゃどこかスコットランドっぽいところに行こうか」

「日本でですか」

「そうです。日本のスコットランドと言うと、やはり伊香保ですかね」

「そうなんですか」

「そういうことにしましょう」

気が付けば伊香保から近いゴルフ場に立っていた。

夜は伊香保の温泉街で射的をやっていた。

「なんだか、スコットランドの荒野で猟をしてる気分だね」

「あっちに弓矢もありますよ」

「いいね。ロビンフッドってところだね」

弓というのが、これが案外と難しかった。

「あっちにストリップもあります」

「ストリップですか。見に行きたいけどスコットランドっぽくないね」

ケント君はストリップに行きたいようだったが、旅の品格が落ちるのでやめた。

二日目に千葉から友人が来て、安中に行った。
安中ってどこかアイルランドに雰囲気が似ている。
川沿いにあったホテルもどこかスコッチの蒸留所を思い出す。
そんな感じで夏の休みは終った。
過ぎてしまえばただの秋になっている。
秋はやはりストリップか。
何を書いているのかわけがわからなくなった。
これって日射病かな。

# ごっつあんす

ひさしぶりにハワイに出かけて思ったのだが、アメリカ本土からの観光客が多いのに感心した。

彼等にとってハワイに休暇で出かけることは夢のひとつらしい。

これだけの人がやってくるということはやはりアメリカが好景気のあらわれなのだろう。

しかしハワイに来て何をして遊ぶのだろうか。たしかにゴルフコースに大勢のアメリカ人が来ているが毎日ゴルフをしても仕方なかろう。

――やはりここにカジノをオープンさせるべきなのだろう。

去年のカジノの売上げが、ラスベガスを抜いてマカオが一位になったそうだ。

マカオはそれまで守っていた一部の人たちだけでのカジノの経営権を外国資本にも許可した。

それで一気にアメリカ資本のカジノチームが参入し、どのカジノも売上げを伸ばした。

今年はさらに数社がマカオに進出する予定だという。

これまでハワイ州は何度となくカジノのオープン許可をアメリカ政府に願い出て、上院下院の議員たちにアプローチをしたが、その度、既存のアメリカ本土のカジノ勢力に阻止されてきた。

たしか一時は日本の会社もその誘致に加わった記憶がある。

或るゴルフコースに出かけたら、現地でコーディネーターをしている男に挨拶され、

「伊集院さん、このゴルフコースを買ってくれる人、誰かいませんでしょうか」

といきなり囁かれた。

「ほう、売りに出てるのか」

「ええ、そうなんですよ」

「いくらだ？」

「××億円くらいでいけると思うんですがね」

「そんなもんなのか」

「でしょう？　今なら買いですよ」

「今は無理だよ。締切りで忙しいし……」

「いや、伊集院さんじゃなくてもいいんです。ぜひ心掛けておいて下さい」

「わかった」

　この会話をそばで聞いていた家人が呆れた顔で私を見て言った。

「そんな金どこにあるんですか？」

「何だ、聞こえてたのか。あいついつも私にそんな話をするんだよ。私のことを富豪だとでも思ってるんじゃないのか」

「そんなわけないでしょう」

「じゃ、毎年のジョークという奴なのかね」

「そういう誤解される受け応えをするからですよ」

「そうかな。私はごく普通なんだけどな。あいつなら名刺の裏に××億円って書いて渡したら、そのまま銀行に持って行くんじゃないの」

「そんなことばかり言ってたら、そのうち詐欺師になりますよ」

――もう十分に詐欺師でしょう。

ハワイ行きの飛行機のチケットがなかなか取れなかった。

――なぜこんな二月に混んでるんだよ？

搭乗してわかった。

この便の中は相撲取りでいっぱいだった。

しばらく相撲取りたちの会話を聞いていた。

「この間持ってたバッグ、あれ新しいタイプですか」

「秋冬の新作だわな」

――なんの話だ？

実はこれがブランド品のポーチバッグの話だった。嘘だろう。

スチュワーデスが来て、食事のことを訊いた。

「俺、宗教上の理由でステーキを」

と言いやがった。ヤルネ。

ともかく話題の中にひとつとして社会性のあるものは出ない。それにしても大きい。それによく喋る。

――いったい何を喰ってこんなにデカくなりやがったのか。

昔の相撲取りは口数が少なくて可愛かったし、風情があった。

銀座のクラブなんかにあらわれると待ち合わせていたタニマチにいきなり言った。

「ごっつあんす」

――いいな。飲む前から、ごっつあんですか。いい言葉だな。

大阪場所で或る関取のファンの芸妓が座敷にやってきて、芸妓が少しほろ酔いになった。

タニマチの旦那が、少し水を飲ませて酔いを覚ましてやれ、と言うと、その関取が芸妓をかかえ上げて、

「ごっつあんす」

と言って座敷を出て行ったきり戻ってこなかったそうだ。

おそらく奥の部屋で芸妓の帯なんかを解いてやっていると、芸妓が驚いて叫ぶのだろう。

「関取、いきなり何をなさるんですか。帯を解いて何を？」

「ごっつあんす」

「お願いです。おやめ下さい」

「ごっつあんす」

「大声を出しますよ」

「ごっつあんす」

「キャー、誰か」

「ごっつあんす」

何事も感謝の気持ちが大事だわナ。

「××関をすぐ呼んで来い。あの野郎、ただじゃおかねぇ」

ガラガラガラ、

「おまえ、俺の娘に何をした？」

「ごっつあんす」

「なんだと？　女房も泣いていたぞ」

「女将さんもごっつあんす」

本当にこういうことがよくある世界だから面白い。

相撲取りに惚れる女の子は昔から大勢いる。

一に役者、二に相撲取り、三がヤクザなんて言葉があったくらいだ。

ともかく肌が綺麗だという。

昔、地方で酔っ払い、気が付いたら見知らぬ部屋で寝ていた。かたわらでイビキをかいて女が休んでいたので、思わず寝顔に訊いた。

――どちらさま？

水を飲みたくなって台所に行くと、そこに役者、相撲取り、怖い兄さんとの記念写真が並べてあった。

役者が一番阿呆に見えた。それより阿呆が水を飲んでいた。

## 美人は期待しない

名古屋に来ている。

去年から年に一、二度名古屋で遊ぶようになった。

名古屋はこの十年の間に日本の都市の中で一番活気のある街になったという。

夜の名古屋の街に出て、食事をし、酒を飲んでみて、それがよくわかった。

以前、何度かこの街に通った私の印象では喰い物はミソ煮込みうどんとソースがたっぷりかかったトンカツくらいしかなかったし、クラブに出かけてもホステスさんから名古屋弁で話しかけられると落着かなくなった。そのせいではないのだろうが、私の周囲には名古屋出身の女性は一人もいなかった気がする。

ところが去年、名古屋で少し遊んだら、まずは食事が美味いのに感心した。これまで五、六軒、料理屋に行ってみたがどこもなかなかのものだった。

クラブの方は日本でも有名な店に出かけたが、こちらはもうたっぷり生きてきたママ以下ホステスさんたちばかりでまだ感心させられていない。

——そりゃまあいっぺんに良くはならないわナ。

それで今回、若い女性を見学しようというので綺麗どころを集めて貰って食事をしようということになった。

どんなふうだったかは、この原稿を書き終えて出かけるのでわからない。こういうのは期待して出かけると失望が大きくなるのでほどほどがいい。

以前、美人が多いことで有名な秋田の街に取材に行き、前もって綺麗どころのいる店を予約して貰って出かけたことがあった。

たしか編集者のケント君と一緒だった。その店に行く前の食事に時間がかかり、予約の時間を二時間近く遅れて店にむかった。

「ケント君、かなり遅れたけど大丈夫かな？」

「大丈夫ですよ。飲み屋なんですから」

「そうじゃなくて綺麗どころだよ」

「さあ、それは……」

「さあってどういうの？」

「いや、でも店のキャッチフレーズが〝秋田一の美人揃いのスナック〟ですから」

「本当に？ それなら期待できるね」

店に入ると、まずママという女性がぐでんぐでんに酔って迎えてくれた。目が据っていた。

「いらっしゃひ〜」

「ケント君、どうなってるの」

「バーテンさんの話だと緊張して待っているうちに酒を飲み過ぎたらしいんです」

「……………」

席に着いて店の女の子が数人座った。店の照明が暗いせいもあったのだが、私はケント君に耳打ちした。

「今夜は飲むしかないね」

「同感です」

それで飲み過ぎて翌日は二人ともひどい二日酔いで郊外にあった健康ランドで

夕方まで湯につかってアルコールを身体から出す破目になり、なんの取材もしないで帰京した。

同じくケント君と天草諸島に出かけた時はルーマニアの女性ばかりいる店で、こちらは相手が裸同然でテーブルのそばで踊りまくるので、逆に怖くなって早々に引き揚げた。

名古屋によく通ったのは三十五年前のことである。

私は広告代理店のダメ社員で、名古屋にお得意さんがあった。

飲食店のチェーンやクラブ、キャバレーを経営している会社の広告をやっていた。

新しくオープンするレストランの味見会（試食会か）に出て、適当な感想を口にしていた。

新しくオープンするクラブは、こちらは味見会が、あるわけないか。

でも一度入店の面接に立ち会ったことがあった。

「この仕事は初めて？」

「今まではどんな勤め?」

「家族は?」

「身体は健康?」

そばで聞いていて、ずけずけいろんなことを質問するものなのだと驚いた記憶がある。

その面接の男が言うには、

「飛びっ切りの美人より、ちょっと可愛い方がいいんですよ。美人は努力しないからね。それに美人は頭が悪いのが多いんだ」

――へぇ〜、そんなものか……。

とその時は首をかしげたが、銀座に通うようになって、その男の言ったことがあながち間違ってないことがわかった。

名古屋出身の男というのも友だちにいなかった。たまに嫌な奴がいて出身を訊くと名古屋だったりした。

だから作家の大沢在昌に逢うまでは名古屋の男を誤解していた。

この一、二年で数人知り合った名古屋の男は皆いい男である。

奇妙なものだ。もっとも私はもうこれ以上新しい知人を持とうとは思わないから、友人になったこと自体、相手の男振りが良かったのだろう。

ただ名古屋弁はいまだに馴染めない。

——どうしてだろう？

# ツキは人が呼ぶ

ひさしぶりに岡山に行った。

ここ数年、電車では何度か通過することはあったが、ここで降りるのはずいぶんひさしぶりだ。

新幹線の車窓に映る吉備《きび》（岡山地方の古称）の風景を見ていた。

「M君、西にむかって姫路を過ぎると、急に風景がかわるね」

私は同行のB社のM君に言った。

「そうですね。田園風景ですね。私が若い時、伊集院さんと初めて旅に行ったのが岡山なんですよ」

「そうでしたかね。いつのことですか？」

「十五年前です」

「十五年前ですか……なら玉野競輪場でしょう」

「はい。小橋正義選手の取材です」

「そうか、小橋君がまだ岡山の時代か。君とも長いつき合いだね」

「はい。私、もう部長ですよ」

「えっ。君が部長……（人材がいないんだね）」

そんなことはない。M君は優秀で真面目な編集者だったから、それは当然だろうナ（フォローしてるナ）。

岡山駅で特急〝やくも号〟に乗り換えて倉敷にむかった。

地図を見ていたら、この電車で出雲に行けるのがわかった。

――それじゃ、この電車に乗って竹内まりやさんは上京したんだ。

どうして唐突に竹内さんの名前が登場したかと言うと、先日、彼女から作詞を依頼された。

――えっ、竹内まりやさんが、このぐうたら作家に歌の詞を依頼した？　嘘だろう。

はい、ほとんど冗談ですが、ともかく詞を書くんだナ、これが。

仕事が徹夜になり、そのまま朝の西にむかう新幹線に飛び乗ったので眠い上に体温が上がって熱くて仕方なかった。

倉敷で降りると、周囲の木々は新緑になっていて、そこに強い陽差しが当っていた。

——これってもう夏じゃないか。

私は生地が厚目のジャケットにズボンを穿き、下着も長袖の上に股引まで穿いている。

ドーッと汗が出た。

「M君、買い物してから取材現場にむかっていいかナ」

「はい。時間は余裕をみてます」

タクシーの運転手に言った。

「デパートに行って下さい」

「はあっ、デパートはここにはありゃせんよ」

「そりゃおえら〜せんの」

ユニクロがあるというのでそこに行った。社長も少し知っているので同じ金を使うなら知人の会社に落すべきだと思った。

初めてユニクロに入ったが、品揃えがちゃんとしてる上にデザインもいいのに驚いた。そして何より廉価である。私が普段着ているシャツの値段で、ほとんどかわらないシャツが三十枚買える。

――こりゃ私の衣服への金の使い方が間違ってるわ。

銀座の鮨屋のカウンターで食べる鮨と仙台の回転寿司屋で食べる鮨は間違いなく違っているが、ユニクロとイタリア製のシャツはほとんどかわらない。

――コペルニクスだナ。

倉敷へはバーを訪ねた。

〝胤〟というとてもセンスのいいバーで、経営者兼バーテンダーの山口氏もなかなかだった。

食事は〝菊寿司〟に行き、これがまた平目、かんぱち、鮪、シャコ、それに黄色のニラを握ってくれたのが美味かった。

深夜、ホルモン鍋のラーメン屋に行ったがここらあたりの時間は記憶が消えている。

翌朝、大原美術館でモネ、グレコ、マチス……の作品を鑑賞した。

私の好きな画家、熊谷守一の〝陽の死んだ日〟があった。青木繁の〝享楽〟もあった。私は初めて見た林武の〝梳る女《くしけず》〟という作品がよかった。この人の印象はこれまであまりなかったのだが……。あとはマルケやボロックもあった。たいしたものである。

五十年近く前、私は母に連れられ、この美術館を訪れた。

——倉敷に住んでいれば画家を目指していたかもしれない。
ナ、ワケナイカ。
倉敷の美観地区（なんかワケワカンナイ名称だが）に星野仙一記念館があった。

——何が展示してあるのだろうか。

監督時代に蹴り上げてへこんだバケツとかだろうか……。

倉敷を発って京都にむかった。

スポーツ新聞を買うと、雷蔵をはじめとして見覚えのあるレース記者の名前があり、皆がわかったようなこと書いてレースを予想している。

——無責任な仕事だナ。

それにしても毎週末、競馬をやってる人は大変だろう。デッカイ見出しで、この馬が間違いなくくるぞ、なんて調子で木、金、土、日曜日に違った穴馬を紹介する。ファンはわけわからなくなるわナ。ヨーロッパの競馬は予想紙に調教タイムも過去の戦績もほとんど書いてないし、馬体重も発表しない。パドックで毛布をかけたまま馬体を見せない馬もいる。

第一、パドックで馬を見てわかるものかどうか疑問だわナ。皐月賞でひさしぶりに馬券を買って、あっさり的中すると、あれっまあ、って感じで、そりゃ嬉しいことは嬉しいが、どうせダービーでタケミカヅチに入れるんだから、ダービーの結果で馬券のツキがあるかないかがわかるナ。

京都の取材を終えて、昔、よく通っていた南座前のコーヒー屋に寄ると、去年の暮れの有馬記念の馬券を市川左団次さんが的中した話を聞いた。心臓の手術で九死に一生を得て、若い奥さんを貰った後の出来事らしい。

「やっぱりその若い奥さんが福の神だったんだよ」

「そうだろうナ。ツキは人が呼んでくるからナ」

──私に誰か新しい人いたっけ？

# イチゴ喰ってたナ……

ひさしぶりに四国に行った。

飛行機が高松空港に降りようとする時、円錐型の山が見えた。

――あれが讃岐富士《さぬきふじ》か……。

円錐型の山を目にすると色川武大さん（麻雀の神様と言われた阿佐田哲也さんのこと）を思い出す。

色川さんは円錐型のものを極端に嫌った。嫌ったというより怖がっていた。だから富士山が苦手で、東京から新幹線に乗って〝旅打ち〟に行った時などそろそろ車窓から富士山が見える頃になるとそわそわしていた。

やがて富士山が姿をあらわすとじっと下をむいて目を閉じていた。

若かった私は、早く通り過ぎてくれればいいのに、と思っていた。ところが日本一の山だけあって裾野がひろいのでなかなか通り過ぎなかった。

——富士山ってやっぱり大きいんだナ……。

と感心したりした。

高松空港から車で丸亀の町にむかった。

しばらく行くと、讃岐富士らしき山が見えてきた。

「あれが讃岐富士ですね」

連れの男が運転手に言った。

「ありゃ違うよ。この辺りの山は頂きが尖がったり、丸っこかったりしてんのが多いんだよ」

言われてみると妙な山型が多い。

——この町には色川さんは住めなかっただろうナ。

丸亀のホテルに着くと目の前が競艇場だった。

——これはまたえらい所に宿を予約してくれたもんだ。

部屋に案内されると窓から瀬戸大橋が一望できた。逆側の部屋からは競艇のレースが見えるらしい。

夕刻、取材先のバーに行った。

港の埠頭の真ん前にぽつんと一軒あるバーだ。

——こりゃいい場所にあるバーだ。

中に入って驚いた。まるっきりスコットランドにあるパブ、バーそのものだった。美味そうなウイスキーがあるある。

〝船来洋酒店　SILENCE　BAR〟。バーテンダー一人がやっている。丸岡俊文氏。この人がまた風情のある人だった。

いやはや丸亀おそるべしだった。

取材を終えて〝炉炭〟というなんとも珍しい名前の鮨屋に行った。炉端焼と鮨の店だった。面白いことをするものだ。美味かった。その後、丸岡さんのバーで仕上げて宿に戻った。翌朝、ホテルの一階に朝食を摂りに行くと、四国巡礼のお遍路さんの白い衣装を着たオバサンたちがクロワッサンを食べていた。

この頃の巡礼は皆車で移動するらしい。

——そうなんだ。

レストランは混んでいて席がどこも一杯だったが、ひとテーブルだけ空いていて、男が一人座っていた。

帽子を被ったまま新聞を読んで何かを飲んでいる。そこに座ると男は日本酒をやっていた。競艇新聞を読みながらちょびちょび続けている。

——この席には巡礼のオバサンたちは相席せんわナ。

私が席に着くと、オッスと男が言った。

「おはよう。いいね、朝から」

「何がいいんだよ」

男がいきなり怒鳴った。

「なんだとこの野郎」

私も挨拶を返した。それっきり男は海の方を見た。

私が食事してる間も男は不機嫌そうだった。

——ふてくされていたら競艇勝てないよ。

と言いたかったがやめた。

でも朝から頑張ってるよナ。

午後から車で観音寺にむかった。

香川県の端から端まで走る感じらしい。

「お客さん、最後は高松空港までだって。いやラッキーな日だ」

連れが手配した車の運転手は上機嫌である。

車中で東京との連絡事項があり、運転手にペンと紙を借りると、丸亀競艇の投票カードの裏を差し出してきやがった。

小一時間で観音寺に着いた。

家人がここの病院で首の治療を二週間前からはじめていたので、どんなもんか見に行った。

「私、四国に治療入院しますのでよろしく」

先日、いきなり言われた。

——えっ、四国まで？

「四国のどちらに？」

「観音寺ってところ」

「ああ競輪場のあるところだね」

「首の治療に行くんです」

——家人はいきなり行動に出るからびっくりするよナ。

「その間は自宅は使用禁止です」

「私、どうすればいいの」

「自力でやって下さい」

——自力って、私、マーク屋なんだけど……。

観音寺は何もない町だった。

競輪も開催していなかった（あっそうか見舞いか）。

加湿器や暖房具を電気屋に買いに行ったり、途中、大平正芳元首相の記念館を見学したりした。

——それにしてもこんな町までよく治療に行くもんだナ。

夕刻、病院を出る時、病院で仲良くなったオバサンたちと家人に見送られた（全員、首が回らないオバサンというのも奇妙な風景だった）。

「適当に切り上げて戻りなさい」

私が言うとオバサンたちは口をあんぐりしていた。

飛行場から東京の競馬記者に電話を入れた。

「秋華賞大荒れです。配当一千万円超えました。１０９８万２０２０円」

「ほおっ、それで目は」

「④①⑮」

飛行機の中で競馬新聞見ながら、この馬券を買うにはどうするんだろって考えた。
④……、①……、⑮……か。
すると昼間、家人と喫茶店に入った光景が浮かんだ。そこで家人がイチゴを食べていた。

シノ、ヒロちゃん、イチゴ喰う。……④①⑮か。一点買いだナ。

何を言ってんだか。

『作家の遊び方』（２０１１年5月25日発売）を文庫化にあたり一部加筆・修正・再編集したものです。

## 文庫化に寄せて

# 〝遊び〟にも術《すべ》がある

作家という職業柄、さまざまな場所、時間に身を置かざるを得ないことがしばしばある。

小説の取材という時もあるが、それだけではない。むしろそうでないケースの方が多いように思う。そこへ足を踏み入れる原動力は好奇心につきる。何事にも興味を抱かなければ、人間という厄介なものは描けないと私は思っている。実際、人が生きている現場というものは驚くことがたくさんある。昔の人が言ったように〝事実は小説より奇なり〟というのは本当のことである。長く作家を続けて来た人が、それなりの生き方、考え方を体得するのは、この興味に対する行動力と、それを見つめる眼が養われるからではないかと思う。しかしその興味の対象が、いつもいつも感動や感銘を与えてくれるものでは勿論ない。

作家の先輩の吉行淳之介氏のエッセーに〝煙草屋までの旅〟という名品があり、氏は、作家はたとえ近所の煙草屋に煙草を買いに出かけるわずかな時間の中でも、何かと遭遇し、何かと出逢ったりする人種であるかもしれない、と語っている。抜きん出た洞察力を持つ作家であるから言える話だろうが、この頃、私も氏が言わんとすることが、こういうことかもしれないと思うことがある。

人類・ホモサピエンスがいつから現代社会のように働かねばならなくなったのか、と私は時折考える。巣作り、子育て以外に人間以外の生きものは働かない。働くという意識もおそらくあるまい。私は青二才の頃、よくこう嘯《うそぶ》いていた。

「こんなあくせくして働いてるのは人間だけなんじゃないか。アフリカの草原で見たライオンなど腹ごしらえで猟はするが、それ以外はセックスするか、昼寝しているだけだぜ。百獣の王の意味はそこにあるのと違うか」

自分が働きたくないがためによく勝手なことを口にしていたものである。

それでも、私の胸の隅には、働くことと対極にあるものが存在しているからこそ、人間は生きながらえて来たという考えが今も消えずにある。

その時間を、私は〝遊び〟と呼んでいる。場所で言うなら〝遊び場〟である。この時間、場所に身を置いていると、人はどこか自由を得ているように映る。子供が遊び場で懸命に何かをしている姿、目と同じである。夢中になっている。夢中とは読んで字のごとく〝夢の中〟に居ることである。この〝遊び〟というものが世の中になかったら、人類はとうの昔に絶えていただろう。

ところがこの〝遊び〟は実は厄介で、怖い側面を内包している。遊びで身を持ち崩した人は数知れずいる。美しいバラに棘があるように、甘い蜜に触れれば毒を飲むように、享楽、愉楽は人の身もこころも惑わすことがある。〝遊び〟とてただ遊んでいるだけなら、それは遊びのランクが低いのだろう。

私は何人かの先輩に、遊びだからしっかりやらんとな、と忠告を受けた。その忠告は、〝遊び〟にも、やり方、術があるのだと理解すべきだ。その術をどう体得して行くか。ここが難しい。しかし一度体得すれば、モンキーの宙転のごとく、当人も、見る人にもあざやかな時間を人生で得たことになる。

作家は、やはり一般の人たちと、どうも身を置く場所、時間が違うようだ。その中の一人として、週毎に〝遊び〟の場所、時間で何をしていたか、何を思ったかを、本著に書いたつもりだが、そこから術を見つけるのは読者の皆さんの目なり、読み方であろう。

本著の中の一節でも、何か〝遊び〟の気配、やり方を得ることがあれば幸いであるが、「バカなものを読んだ」と放り投げることがあっても、私はそれでエクスキューズはしない。なぜなら、ムダなこともすべて生きる時間であり、〝人生にムダなことは何ひとつない〟が私のモットーであるからだ。

二〇一五年　秋　　伊集院静

双葉文庫

い-54-01

作家《さつか》の遊《あそ》び方《かた》

2015年11月15日　第1刷発行
2023年12月18日　第3刷発行

【著者】
伊集院静《いじゅういんしずか》


【発行者】
箕浦克史
【発行所】
株式会社双葉社
〒162-8540 東京都新宿区東五軒町3番28号
［電話］03-5261-4818（営業部）　03-5261-4831（編集部）
www.futabasha.co.jp（双葉社の書籍・コミックが買えます）
【印刷所】
三晃印刷株式会社
【製本所】
株式会社若林製本工場
【カバー印刷】
株式会社久栄社

【フォーマット・デザイン】
日下潤一



ISBN978-4-575-71446-3 C0195
Printed in Japan

双葉文庫　好評既刊

## 暗闇で踊れ

馳星周

「氷のザキ」と異名をとる警視庁捜査第三課の神崎は、相棒の水沢とともに大規模な美術品窃盗事件を捜査していた。その盗品を追う課程で榊田恵、学の姉弟が浮かび上がってくる。姉弟はさる老富豪の隠し子で、屋敷に同居して、老富豪を介護しているということだったが……。事件の臭いを感じた神崎はひそかに内偵を始めた――。女詐欺師の魔性に囚われた刑事は事件を解決することができるのか。著者渾身の長編ミステリー。